L'ENIGMA DE CONSTANTÍ EL GRAN

©Albert Salvadó

A la Maria Creu,
amb l'esperança que existeixi
una eternitat d'amor.

ISBN: 978-99920-1-635-0
Dipòsit legal: AND.191-2012
©Albert Salvadó ®

www.albertsalvado.com
Diseny portada: Sarabia Photo

ÍNDEX

GENEALOGIA DE CONSTANTÍ EL GRAN......................6

1.- CINC EMPERADORS I UN IMPERI.........................7

2 .-MIRANT CAP AL CIM..25

3 .LA VELLA ROMA...51

4.- UNA NOVA DIMENSIÓ.....................................63

5.- LA MORT DE TRES EMPERADORS.....................85

6.- LA ROMA DELS CRISTIANS..............................99

7.- LA PAU..125

8.- LA REUNIFICACIÓ...143

9.- DE DEBÒ EXISTEIX L'ETERNITAT?....................157

ALTRES OBRES D'ALBERT SALVADÓ.....................191

GENEALOGIA DE CONSTANTÍ EL GRAN

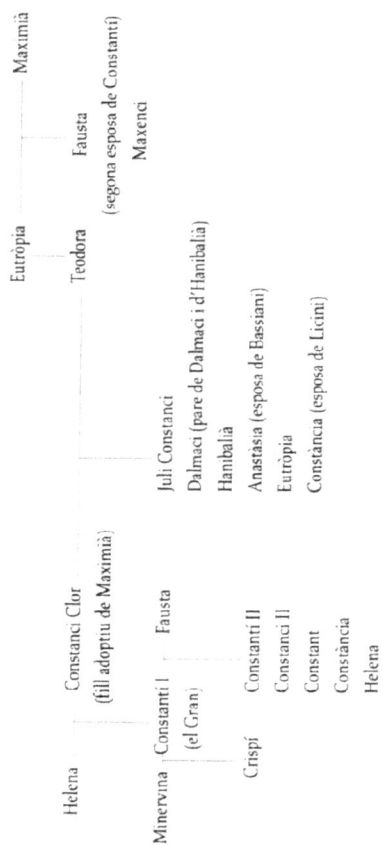

1.- CINC EMPERADORS I UN IMPERI

Fa una estona dormia i alguna cosa m'ha desvetllat. Em pensava que eres tu, Minervina, però potser ha estat el vent que remuga darrere la finestra i grata les escletxes tot cercant forats per on penetrar-hi, de nit i a les fosques, com un lladre.

De segur que ha estat ell. No pot ser ningú més perquè tothom dorm a palau, tret dels soldats que fan guàrdia. I, si paro un xic d'atenció, sembla que arriba acompanyat d'una veu llunyana que em crida. «Constantí, Constantí... —em xiuxiueja—. Deixa'm entrar», diu amb una veu prima, gairebé insinuant.

Ja fa dos dies que no passejo pel jardí. De segur que les poncelles han esclatat sota la pressió dels pètals que desperten i s'estiren mandrosos després d'un llarg hivern. Ara voldria baixar-hi i contemplar el present que la natura ens regala cada primavera, però la nit és fosca i els colors s'han adormit.

Aquest matí he tornat a escoltar el batec del cor, que rondinava inquiet, sense haver-lo provocat, i de tant en tant s'aturava un instant com si prengués alè per continuar el lent trepitjar d'un cavall vell i atrotinat. Tan atrotinat que noto que cada cop em costa més respirar.

Ai...! Ja no em resta altre remei que oblidar l'acció i conformar-me amb les explicacions que Teòfil m'ofereix, plenes d'exquisides metàfores i enriquides pels mil detalls amb què corona les descripcions.

M'agrada escoltar-lo quan em relata fins la darrera filigrana que els dits del jardiner executen amb amor per tal de treure el major profit de cadascun dels racons i convertir un tros de terra en un verger. Aquest home desnerit, gairebé esquifit, com és Teòfil, gaudeix d'una delicada sensibilitat pròpia de la seva feminitat, certament descarada i assumida puix tothom copsa d'un bon tros lluny que és mitja figa mig raïm. Però que li permet de transformar el més mínim matís de color en poesia.

Aquesta tarda he ordenat que posin el llit a prop de la finestra per poder respirar millor. Però... és inútil. Les costelles han deixat de ser l'escut protector dels pulmons i han esdevingut barrots de la cel·la que els empresona fins a ofegar-me. Fins i tot aquest lleuger llençol de fil que cobreix el meu cos és un pes massa feixuc, i gairebé no el puc suportar.

Guaita. Els cortinatges es mouen. S'ha aixecat el vent i el cel s'enfosqueix a cada instant. Escolta, escolta... Què és aquesta borinor? L'anunci d'una tempesta que es congria...? Sí. I tant que n'és l'anunci! I d'aquí ben poc la tindré al damunt.

No hauria d'haver ordenat que canviïn el llit de lloc. Però, ara, tant se me'n dona. Ja és massa tard i no tinc l'esma de despertar els servents i demanar-los que desfacin la feina. Demà em prendrien per foll, malgrat que no s'atrevirien a dir-m'ho a la cara i farien els comentaris de sempre, en veu baixa: és un vell que repapieja i ja no sap ni el que vol.

Ja sé que aquesta nit no dormiré més. Demà al matí el meu cos aixecarà queixes, tal com acostuma a fer després d'una nit en blanc, i Ticí m'amonestarà. M'escopirà a la cara que no col·laboro amb l'efecte de les potingues que prepara amb molta cura, amb l'amor que tot home de ciència posa en cadascuna de les tasques que du a terme. Ell és l'únic amb autoritat sobre mi i s'enfada i em crida i tracta l'emperador, l'home més poderós del món, com a un infant malcriat.

I què puc fer-hi, si és un bon metge? Prou vegades m'ha tret de situacions difícils. A més, comprenc la seva desesperança davant l'arrogància que m'impedeix de seguir les seves ordres. Cada cop que em despullo i el deixo examinar el record d'aquell cos —enveja de molts i desig de moltes, en d'altres temps—, descobreixo en la seva mirada una espurna d'entendriment, reflex de la compassió que brolla dels seus ulls. Mira, regira i m'emprenya de valent. Ell veu el resultat en l'arquitectura d'aquest edifici, el producte dels excessos, i mou el cap a dreta i esquerra mentre els llavis es contrauen en un gest de desaprovació. Amb una ullada coneix el retrat del meu interior i davant seu, vestit i tot, em sento despullat...

Tanmateix, la seva ciència no assoleix el nivell de prodigi i intueixo que la mort ha començat a caminar cap a mi. Ni les herbes ni les sals no poden aturar la caiguda d'un home que s'apaga com la llum d'una candela agonitzant.

Em sembla que no puc fer altra cosa sinó esperar fins que la vida aturi el seu caminar. Llavors, mica en mica, els meus ulls es negaran a portar-me la llum. Fins i tot la de la llanterna que cada nit mano encendre prop del llit, perquè durant les poques hores de foscor he de llevar-me tres i quatre cops per tal d'alliberar-me de les deixalles que produeixo constantment, però que ja no les puc retenir. Ni tan sols goso a fer-ne balanç. Estic convençut que ha començat a produir-ne més del compte i que les pèrdues superen netament els guanys.

Oh, déus! Llarga és la vida quan contemples el passat, i curta quan vols mirar endavant, quan saps que gairebé no queda temps i tot resta per fer!

La mort em ronda. No hi ha dubte, perquè sento la necessitat de fer un resum del llibre de la meva vida — aquell que tothom escriu sense paraules, conforme avança la seva existència—, cloure el darrer capítol i posar el punt final a la història de tota una vida.

Sí. Veritablement, és millor no dormir.

On ets, dolça Minervina? On ets? Han estat tantes les ocasions en les quals he desitjat tenir-te a la vora! Ara m'agradaria que hi fossis. Tu entendries les decisions que m'han dut fins on sóc i que molts pensen que són absurdes.

Tothom es demana les raons que m'han conduït a dividir l'Imperi en cinc parts, quan m'he passat tota una vida per aconseguir que sigui un de sol. «Tanta lluita per acabar enderrocant l'edifici que ha construït!», criden. «Cinc emperadors per a un imperi!», s'esparveren.

I és clar que són difícils d'entendre, les raons, si no es coneix tota la història, les circumstàncies, els pensaments i les decisions!

Em sento cansat.

Com he arribat fins aquí?, em preguntava fa una estona, sorprès per un interrogant que apareix després de tants anys sense mirar mai enrere, amb els ulls clavats en el futur. I quan hi penso em fa somriure, perquè ara m'adono que l'inici l'he de buscar a Nicomèdia, quan alternava l'estudi dels grecs amb la destresa de les armes, quan la joventut m'oferia la seva força i el cos despertava amb l'esclat de violència que segueix el desig de fruir de totes les experiències que el món brinda a la curiositat de l'adolescent. ¿Perquè què en puc dir, de la meva infantesa? ¿Que Arles quedava molt lluny, a l'altre extrem d'un vast imperi que envolta tota la Mediterrània i s'estén fins a creuar altres mars, i allà hi vivia el pare...?

Mai no vaig acceptar que Teodora ocupés el lloc de la mare quan l'emperador Maximià va adoptar el pare, aliança que el convertia en aspirant a la més alta autoritat de l'Imperi i a mi m'obria una escletxa d'esperança per tal de poder pretendre arribar —encara que només fos en somnis— a les impensables quotes de glòria que el futur m'havia de reservar. Somnis que amb els anys han esdevingut realitat, i que vivia intensament avançant-me al temps i als esdeveniments. Pensaments que s'integraven en els meus jocs d'infància i adolescència i que no s'esvaïren del tot quan arribà l'instant d'oblidar el joc i passar a l'acció.

Vaig ser educat a Nicomèdia per imposició de l'emperador Dioclecià, temorós que Constanci podés aspirar al seu lloc. I em van separar primer de la mare i després del pare, de tot amor i dels sentiments que nodreixen l'infant tant o més que els aliments.

D'infantesa, doncs, poc en vaig gaudir i poc l'he de recordar.

L'escola de Nicomèdia va ser la meva llar, lluny dels meus progenitors. Allà dins s'hi encabien les aules, els jardins, els dormitoris, la sala del gimnàs, els banys, el pati d'armes i els camps d'entrenament. Entre ells dividia totes les hores del dia sota la mirada atenta i vigilant dels preceptors i dels entrenadors.

Uns mesos després de la meva arribada ja coneixia cadascun dels racons: des del tros de llosa, sota el llit, on hi amagava les pertinences secretes —un punyal, l'anell de la mare, les cartes del pare,...— fins a la soca que em servia de graó i em permetia assolir una llibertat momentània, en saltar el mur i atrapar el carrer. I tres anys després tenia l'estranya sensació d'haver-hi viscut sempre, allà. Fins i tot podia enganyar-me i creure que hi havia nascut.

La finestra del dormitori donava just damunt del jardí de la casa del mercader Cirilus, on hi vivien dues noies que, de temps en temps, em picaven l'ullet en una clara invitació que només les dones sabeu llançar sense el suport de la paraula.

Una nit, quan els meus companys dormien, les vaig sentir parlar. Em vaig llevar sense fer cap soroll i em vaig acostar a la finestra. Elles m'hi van veure i després de bescanviar mirades i rialles em van fer signes per tal que anés a trobar-les. Em vaig vestir, em vaig escapolir i amb l'ajut d'una soca vaig saltar el mur.

Hadriana i Drusil·la es deien i eren simpàtiques i juganeres.

—Per què hem de perdre tota una nit? Amb una que vigili n'hi ha prou —vaig fer després de dir quatre bajanades i arrencar-les tímides rialles.

—Per què algú ha de vigilar? —va preguntar Hadriana.

—T'ho explicaré quan haguem acabat —vaig respondre mentre mirava Drusil·la amb intenció.

Vam riure i em vaig llevar per anar cap a la part més frondosa del jardí. Drusil·la dubtà uns instants, però també es llevà i em seguí fins a una olivera.

Quina noia! Encara no li havia aixecat la túnica que ja respirava passió. I quan vaig arribar al seu entrecuix el vaig trobar tan humit i tan lliscós que em vaig excitar fins a l'extrem que el penis em feia mal.

Vam caure estirats al terra i la vaig posseir amb violència, tal com havia sentit a dir que feien els meus companys més experimentats. Però ella no es queixà. Era tosca i cercava el plaer com el pastor mena el ramat: a xiulets i cops de bastó. Res no li feia front. Em tocava i em remenava i s'excitava ella mateixa i assolia un clímax rere l'altre.

Així i tot, a mi em va agradar aquella naturalitat i ens hi vam estar força estona, fins que tots dos havíem satisfet el nostre desig i jo havia contemplat llargament la nuesa d'aquell cos, mentre tocava tot el que es podia tocar i descobria allò que la imaginació ja m'havia avançat.

Em vaig sentir feliç i satisfet. Ja era un home. Havia assolit una fita que somiava cada cop que Marc ens explicava les seves aventures amb les esclaves del seu pare.

Llavors vam sortir de l'amagatall i vaig agafar Hadriana i me la vaig endur cap a l'olivera, tot pensant que havia de ser diferent: més femenina, més estreta i més delicada, perquè somreia amb timidesa i abaixava els ulls.

Anàvem caminant l'un al costat de l'altre quan, de sobte, vaig tenir una estranya sensació. Era com si fóssim tres els que caminàvem, i no pas dos.

Una nova experiència s'obria al mateix temps que la túnica d'Hadriana relliscava lentament i em descobria la voluptuositat d'uns pits coronats amb uns mugrons enfosquits i desafiadors.

Li vaig posar la mà damunt l'estómac i la vaig enretirar d'immediat davant l'escruiximent d'aquell cos que m'acollia com el més delicat dels coixins de ploma. Però ella, lluny de conformar-se, m'obligà a aixafar-la altre cop i, enlloc de retenir-la i deturar-la, la dominà amb força guiant-la, manifestant-me amb tota llibertat, amb veritable descaradura, els més íntims anhels i la irrefrenable avidesa, possiblement excitada i engrandida per l'espera i pels beixos de qui ja havia obtingut favor i satisfacció, mentre un sospir de goig s'escapava dels seus llavis inflamats de passió. Notava com tota la violència del baix ventre es manifestava en un esclat i, capalt i orgullós, s'avançava el símbol de la masculinitat fent cas omís de la lluita interna que ofegava el meu cervell en un debat entre l'instint i la raó, diferent per enter de l'experiència viscuda moments abans.

Però, què està succeint?, recordo que no parava de preguntar-me.

Mentre l'instint em transportava i feia córrer les meves mans i sentia el frec de la tela amb la pell rosada i polida, i s'excitava encara més la meva virilitat, la raó em negava en una mar de confusions i preguntes que s'amuntegaven: ho estic fent bé? Què en pensa ella? No patiré una caiguda, en el darrer instant? Com l'he de penetrar...?

Sortosament, tots els meus dubtes van ser arrasats i l'instint —no pas el meu, el d'aquell moment, sinó el d'Hadriana en estreta complicitat amb la seva experiència i la forta excitació— suplí la manca de coneixements del pobre noi que era amb ella.

Pràcticament sense adonar-me'n, em vaig descobrir estirat al terra, acariciant uns pits que gronxaven damunt meu al mateix ritme que la trena de cabell negre i unes cuixes que s'allargaven als meus costats, mentre ella em cavalcava amb una frenesia que augmentava a cada moviment i que va concloure força temps després que jo ejaculés i, fins i tot, notés clarament que ni hi participava ni ocupava el reialme de la seva intimitat.

Es va deixar caure d'esquenes, amb el seu cap damunt els meus peus. En aquell instant tot esdevenia novetat. Eren uns altres ulls que miraven, unes altres mans que acariciaven i un altre cervell que pensava. Vaig resseguir les seves cuixes i les cames i em vaig aturar als peus, explorant els seus dits. L'aire havia canviat; era més suau. Els colors havien canviat; eren més viu.

Aquí es va iniciar tot. Quan vaig descobrir que dintre meu conviuen dues persones. El misteri de la dualitat, ho definiria un cristià per similitud amb el de la trinitat del seu déu.

Sí, és una bona comparança, malgrat que de vegades em faci riure. De la mateixa manera que en la trinitat del seu déu, en mi existeixen dues persones i ambdues són Constantí.

Suposo que a tots ens passa el mateix, però la diferència és que jo ho he viscut conscientment, mentre que molts altres no se n'assabenten mai. Ni tan sols en l'instant de la mort.

Dos personatges que es complementen i que m'han ajudat en tot moment.

El primer sobresortia pel damunt de tots els altres estudiants en l'ús de les armes, sent una espasa, a la seva mà, tan natural que es confonia amb el perllongament de seu braç, ensems que la llança esdevenia esclava del seu desig i aconseguia la peça en una volada, llarga i corba, calculada per una ment matemàtica i executada per un cos perfecte que mesurava la força, la inclinació i la possible errada producte del vent. Fins i tot, els centaures devien envejar la total harmonia quan era damunt del cavall, que obeïa cegament la més mínima insinuació dels meus genolls.

Per contra, el segon s'estimava més seure a l'ombra d'un arbre amb un text a les mans, amb un pensament al cap o bé amb els ulls perduts en la contemplació de la infinitud dels cels a la recerca de respostes a preguntes impossibles.

A partir d'aquell dia ambdues cares i ambdós personatges compartiren com a companys, com a bons amics, els millors del món, totes les estones de lleure que els preceptors em permetien sostreure de la fèrria disciplina romana. Jo els manava i ells m'obeïen amb docilitat, amb reverència i respecte.

Amb aquesta descoberta vaig ser feliç i em vaig deixar seduir i conduir a una vida plena d'aventures i de somnis, sent el seu còmplice en tot i per a tot, malgrat que poc em podia imaginar que l'esdevenidor em conduiria per camins tan embolicats i divergents i, ensems, complementaris, trobadissos i tan ben dissenyats: vertaderes calçades, calculades pel millor dels nostres arquitectes, amb ponts que salten pel damunt dels barrancs més profunds i deixen enrere el misteri del futur tot convertint-lo en present i, immediatament després, en passat.

I d'aquí neix la trinitat de Constantí: l'agosarat, el pensador i jo. Una dualitat dins d'una trinitat. Quin embolic! Però real, perquè prou vegades m'he confessat a mi mateix que mai no hauria començat moltes de les aventures de joventut, si no fos perquè una part de mi — l'agosarat— m'arrossegava amb el seu afany de viure noves experiències, de gaudir de cada respirar, cada moviment i cada batec del cor, i de sentir l'acceleració de totes les vísceres quan el perill s'apropa. Sensacions que m'atreien i, al mateix temps, em feien patir.

Aquella nit gairebé no vaig dormir. La troballa era tan sorprenent que ultrapassava tot plaer terrenal i molt enrere romanien la complaença en la possessió d'un cos de suaus formes, l'agradositat de les carícies prodigades i rebudes i el descans després de la contentació dels esplèndids delits de la carn.

Davant l'exorbitància de la descoberta no parava de preguntar-me: qui és Constantí? I no podia distingir entre el conqueridor i el poeta, a qui la imaginació enlairava fins al paradís. Restava tan desconcertat com si acabés de descobrir un intrús penetrant subreptíciament la meva llar per tal de furtar-me la supremacia i la propietat.

Va ser sublim. Aquell compartir entre dos éssers que conviuen dins el mateix cos representava una experiència impagable. Sentir-me sol, lliure i penjat al buit m'omplia de temors i m'afalagava.

Aquest, sens dubte, va ser el primer dia de la meva existència. De l'existència de la consciència real de mi. I a partir d'aquell moment els records són clars.

En un parell d'ocasions ens va visitar l'emperador Diocledà. El primer cop el vaig creure un gegant. Arribava guarnit amb l'armadura i damunt un cavall persa, formós, de vellut negre i lluent, fines potes, crinera rebel i llarga cua. La seva veu era greu i mantenia el cap tan dret que jo dubtava que ens pogués veure. Les seves mans tenien dits poderosos que semblaven fets per al puny de l'espasa i venia acompanyat de la guàrdia personal, soldats grans com muntanyes i orgullosos com lleons. Tot en ell era gran, gegantí, immens.

Mitriani es va agenollar davant el cavall de l'emperador i Diocledà posà peu a terra i l'aixecà.

—Són braus aquests cadells? —preguntà amb veu de tro.

—Ho seran, senyor.

—Ho han de ser —sentencià de nou Dioclecià, i es va atansar on érem i ens va preguntar—: Què faries si t'haguessis d'enfrontar amb un exèrcit dues vegades més gran que el teu?

—Atacar de sorpresa —va respondre Brauli.

—Estudiar acuradament la tàctica —va corregir Nemesi.

—Ordenar els meus homes que cadascun d'ells en mati tres abans de morir —vaig respondre.

Ell em va mirar.

—Per què tres?

—Perquè ells en són el doble i guanyem, sens dubte.

—Quin és el teu nom?

—Constantí.

—El fill d'en Constanci... —xiuxiuejà i, sense cap més paraula, assentí, somrigué i se n'anà.

El segon cop va ser dos anys després, i Galeri l'acompanyava. La túnica havia substituït l'armadura i la quadriga el cavall. Ja no em va semblar ni tan gran ni tan poderós. També és cert que jo havia crescut.

Galeri ens visitava força més sovint i s'interessava vivament per les explicacions de Mitriani. Les de Liberi, Sila i Cras ni se les escoltava. Només volia saber si els nostres progressos com a soldats eren allò que calia esperar. De la poesia, el teatre i la filosofia, ja en parlarem un altre dia, deia. Dia que mai no va arribar.

Aquell home m'inquietava. Tant és així que no perdia detall dels seus moviments i l'estudiava amb molta cura. Cepat com era, abaixava el cap i semblava no mirar, però prou sabia que la meva persona ocupava una bona part del seu interès.

No obstant això, a Nicomèdia no em vaig sentir presoner, malgrat que aquesta sigui la paraula que més s'hi ajusta, a la definició del meu estat real. La vida en els primers temps, a l'escola, transcorria plàcida, envoltat de bons amics i companys, i encara de millors preceptors i instructors, sense que pugui establir queixa de cap mancança, llevat de la separació dels pares. L'estudi i l'exercici de les armes omplien totes les hores del dia. Correcte era el tracte per part de qui pretenia que Plató, Aristòtil, Sèneca, Èsquil, Sòfocles, Ovidi, Livi Andrònic, Virgili..., i tots els mestres que els han precedit i seguit ocupessin una parcel·la dins la meva memòria; dur, per contra, en l'aprenentatge de l'art de la guerra, puix havia decidit afermar el meu futur en la força de l'espasa, més que no pas en les biblioteques, i els meus instructors s'hi aplicaven de valent.

Brauli va ser el millor amic de joventut. Quan sortíem de cacera érem feliços; els nostres ulls manifestaven el goig que sentíem quan el cos mirava d'establir els seus límits en l'enfrontament amb d'altres éssers i ens lliuràvem al combat amb un entusiasme només ofert per la joventut. Amb ell tenia llargues converses i vam establir uns lligams que perduraren quan, acabades l'educació i l'entrenament, ens van destinar a Alexandria.

Un dia, a l'escola, li vaig preguntar:

—Tu creus que de debò existeix l'eternitat?

Ell es va gratar el cap i em va mirar estranyat.

—Liberi ens ho dirà —em va contestar.

Però quan li ho vam preguntar, Liberi va aixecar les mans enlaire i va fer:

—Que l'has vista algun cop?

—No. He vist que la gent neix, viu un temps i mor, mentre el temps avança inexorable —li vaig respondre—. És innegable perquè ho vivim constantment. Però ha d'existir alguna cosa més enllà.

—N'estàs segur? Creieu de debò que resta alguna cosa quan algú marxa per sempre més? Ningú no ha tornat per poder explicar allò que amaga la cortina que separa la vida de la mort. Un vel tan tènue que pot esquinçar-se en un tres i no res perquè la mort es produeix en un instant: ara hi ets, ara ja no hi ets. I després què...? Doncs, després, emergeixen l'eterna pregunta i els dubtes que genera, aplegats com a bons germans. Dubtes i més dubtes, malgrat que algú digui que ho té tot prou clar —es va aturar un instant i afegí:— No hi ha res de clar, en aquest món. Recordeu: no hi ha res de clar.

—La fe en els déus —li va replicar Brauli, influenciat per les paraules de Cras.

—Vols dir...? Et recordo que la fe no és el coneixement, no és la certesa basada en una realitat tangible. En tot cas és la confiança cega en la paraula d'un tercer. On resta, doncs, la raó, i on s'amaga la veritat? Qui diu que coneix la veritat, si la veritat no es deixa atrapar?

—I si la veritat no es deixa atrapar, per què esmercem tant de temps a pensar en aquest tema en concret? —li va preguntar Brauli.

—Potser perquè desperta el nostre interès i capta la nostra atenció. Tal vegada perquè ens preocupa... —s'arronsaren les encorbades espatlles del vell mestre.— Qualsevulla explicació, a poc que la penseu, és prou bona. No us capfiqueu amb els perquès i contempleu els quès —ens va fer amb un somriure.

—Els déus són eterns —vaig intervenir-hi jo, que no volia deixar tancat el tema.

—Quins déus?

—Els vertaders. Els reconeguts per Roma: Mitra, Zeus, Júpiter, Apol·lo, Afrodita, Venus, Èol, Neptú, Mercuri...

—Així, segons tu, els vertaders són els romans? —va somriure Liberi—. Digues: a qui adoren els egipcis? No adoren també el sol, el déu de les aigües, el de la fertilitat,...? Comença a ser vertader un déu quan li canvies el nom?

Poc m'havia aturat jo a pensar que els nostres déus provenen dels déus grecs i bé podem barrejar-los, i cap d'ells s'ofendrà. Poc m'hi havia aturat, però aquell vespre, mentre el sol acariciava la línia de l'horitzó i la lluna prenia possessió de la nit, vaig reflexionar-hi llargament, sobre el significat de les seves paraules, mai enterament clares perquè Liberi responia a cada pregunta amb una altra i, en el millor dels casos, amb una vaguetat que encara afegia més dubtes al dubte. Ell mai no afirmava res. Ni ho afirmava ni ho negava. Per contra, tots els altres preceptors escoltaven les nostres preguntes i responien amb exactitud i certesa. Tanmateix, Brauli i jo ens estimàvem molt més plantejar els nostres dubtes a qui mai ens atorgava la seva veritat.

Durant la nit que va seguir aquella tarda, sense tenir en compte el temps i sense que la son arribés a aclucar-me els ulls, sense que les parpelles adquirissin més pes del que havien arrossegat durant el dia i gairebé sense que el cos em demanés de canviar de postura, vaig esmerçar hores a la recerca de respostes. I just a trenc d'alba, quan la foscor fugia i la vermellor de la matinada s'aixecava en un lent i progressiu caminar, vaig fer una imprecació.

—Oh, Mitra! Fes-me savi —vaig cridar—: revela'm els secrets de l'univers i de l'eternitat. T'ho demano, t'ho prego, t'ho exigeixo.

Braços enlaire i punys tancats, poc sabia que la meva imprecació podia ser escoltada i, encara menys, sabia, que les concessions dels déus mai no són gratuïtes, malgrat que l'estudi de l'*Eneida* i de l'*Odissea* m'haurien d'haver atorgat el coneixement d'aquesta norma tan elemental: ningú no dóna res a canvi de res.

2 .-MIRANT CAP AL CIM

Emmotllar-me a la vida militar va ser senzill. Ho havia desitjat i ho havia somiat tants cops i amb tanta intensitat... I, de fet, Alexandria era la continuïtat de Nicomèdia. Rebíem ordres i les executàvem. Ens movíem constantment, però la frontera amb Pèrsia no oferia gaire perill, tret d'alguna petita incursió per part de l'enemic que ens obligava a una operació de càstig per tal de deixar ben clar que el nostre poder no es pot menysprear.

Són temps de records agradables al costat d'en Brauli, però sense que pugui destacar-ne cap d'especial, llevat de les conquestes amoroses, dels sopars i les festes amb els companys.

Un dia, quan tornàvem d'una sortida rutinària, em va cridar el tribú Macià.

—Recull les teves pertinences. Tornes a Nicomèdia —em va dir.

—Què significa això?

—Que algú t'ha posat l'ull al damunt i jo perdo un bon oficial.

El tribú Macià m'estimava. Era noble i valent i jo sentia un gran respecte i una profunda admiració per ell.

—I Brauli?

—Ell es queda aquí.

L'endemà, Brauli i jo ens vam abraçar i vaig pujar al cavall deixant enrere un bon plec de records.

Quan vaig arribar a Nicomèdia em vaig assabentar que Galeri havia donat, personalment, l'ordre per al meu trasllat.

—Descansa un parell de dies. Gaudeix del vi i de les dones i després ja en parlarem —em va dir.

Dos dies després, de nit, un missatger em va dur una carta del pare. Em va sorprendre descobrir que ell ja feia dies que coneixia l'ordre per al meu trasllat. Però encara em va sobtar molt més el contingut de la seva carta. Ell, amb la visió que caracteritza l'home d'experiència que ha sabut extraure l'ensenyament de la vida que li permet descobrir amb una sola ullada tots els matisos del rostre d'una persona, i els secrets amagats sota l'ànima més cargolada, m'alertava. Entre línia i línia, entre paraula i paraula, hi havia una ordre imperiosa: abandona Nicomèdia!

Vaig recollir les armes i els diners i ja atrapava la porta del darrere quan vaig sentir soroll al jardí. No era al camp de batalla ni tenia a la vora Brauli ni cap dels meus companys. De manera que era millor oblidar les heroïcitats i em vaig dirigir directament al port, vaig pagar el barquer i, mig de sotamà, al fons de la barca, vaig travessar el Bòsfor.

L'endemà vaig desembarcar a l'altra riba. A Bizanci vaig comprar un cavall i vaig emprendre una llarga cursa seguit de ben a prop per Vegeci i els seus soldats. A Sirmium vaig canviar de cavalcadura i ja anava a marxar quan se'm va ocórrer comprar tots els cavalls de refresc. Poc després els matava, malgrat ho vaig fer amb pena perquè aquests nobles animals sempre han gaudit de les meves estima, consideració i respecte. Però, aquesta estratagema em va salvar la vida i em va permetre engrandir la distància amb els meus perseguidors.

Al dia següent, amb les poques monedes que em quedaven a la bossa, vaig pagar uns pastors que van fer creure Vegeci que jo anava camí de l'Adriàtic a la recerca d'un vaixell. Quan va descobrir l'engany jo era força lluny i els pastors havien desaparegut.

—El teu pare m'ha avisat que vindries —em va dir en Temiste quan vaig arribar a casa seva, a Aquileia—. Queda't un dies i reposa. Ningú no sap que ets aquí.

—No. Posaria en perill la teva vida i la dels teus. Vegeci no és cap babau i tard o d'hora pensarà els llocs on puc està amagat. On és el pare?

—Al nord preparant-se per embarcar cap a Britània.

L'endemà vaig sortir cap allà. Enrere quedaven les intrigues contra les quals poc hi podia fer un jove inexpert, desconeixedor per enter de l'aguda finesa del conspirador que recolza els contubernis i conxorxes en l'experiència acumulada després d'anys i panys de maquinacions, conjures i maniobres.

Va ser una llarga fugida quallada d'aventures, tot travessant la Bitínia, la Tràcia, la Dàcia, la Pannònia, la Itàlia i la Gàl·lia, corrent com un criminal que fuig d'una justícia implacable que el persegueix, i un esclat de joia quan vaig albirar el campament de Constanci, prop del port de Bonònia, davant de la fortalesa de Gesoríac.

Només entrar, Constanci arribava a cavall de l'altre extrem del campament i va descavalcar a unes passes d'on era jo. Havia envellit llargament. Els seus moviments, lents i mesurats, no encaixaven amb la imatge sobreeixint d'energia que palesava la meva memòria i, en treure's el casc, vaig veure com els cabells blancs guanyaven la batalla als negres i els anys havien llaurat un bon grapat de solques al seu rostre. Tanmateix, em va rebre amb una abraçada que llançava per terra totes les meves suposicions sobre una possible pèrdua de la força del seu braç.

—Mateu un cabrit i feu-lo a foc lent —va ordenar—. Crideu els oficials que vinguin a la meva tenda. Avui és un gran dia.

Estava cansat després del llarg viatge, però no vam anar a dormir fins ben entrada la matinada. Eren tantes i tantes les coses que ens havíem d'explicar que la nit es va fer curta i les hores esdevingueren minuts.

Encara no sé perquè li vaig fer cas i vaig escapar de Galeri. De fet, a Nicomèdia, intentava recordar la mare i no podia oblidar l'obligada separació, per motius merament polítics, en un acte que vaig qualificar d'egoista. I al pare el feia responsable. Recordo que en els instants de soledat cercava en els racons més amagats de la memòria i només hi trobava la pols on, suposadament, havia de guardar la imatge de la mare, però la tendresa de l'edat en la qual ens van separar m'impedia cristal·litzar la nebulosa per atorgar-li forma real.

No obstant, aquella nit vaig descobrir una altra persona en Constanci. Ell, el pare, m'estimava, malgrat que jo encara el mirava amb recel. M'havia salvat, però una ment jove no oblida fàcilment els resultats d'un sentiment frustrat que es manté viu en un racó, enforatat, i surt a la llum quan algú, tal vegada una circumstància sense nom, aixeca el vel que el mantenia ocult en el pou dels records no recordats, però tampoc oblidats. I és que la separació de la mare em va doldre de valent, com si m'arrenquessin un tros de l'ànima.

Tanmateix, ara era diferent. Constanci era feliç amb la meva presència i em vaig adonar que ell representava una fita i un exemple a imitar en el terreny militar.

Aquell matí em vaig atansar a la costa i la bravura de l'Atlàntic em va sobtar. Èol semblava enfurismat i aixecava balenes d'aigua que ens barraven el pas. Diferent per enter de la Mediterrània, no es deixava dominar. Dempeus, davant mateix del port de Bonònia, contemplava la força de les seves aigües. Al nord, Britània i a l'oest, l'infinit. D'on li venia la força a l'oceà?

—Tot és aigua més enllà de la terra —ens havia explicat Cras, allà a Nicomèdia, un dia que li vam preguntar on s'acabava l'oceà —. Qui cap allà ha marxat mai més no ha tornat.

—Serà que ha trobat l'infinit i l'eternitat? —li vaig preguntar.

—Res no hi ha —em va contestar amb veu de sentència—: I res no hi has de buscar.

Vaig somriure amb aquest record. Res no hi ha...? Fals! Hi ha Britània i la meva llibertat.

*** ***

El cos em demana canviar de postura.

Déus!, m'he de moure un xic i se'm fa difícil. Del costat dret m'arriben punxades que em recorden que els ronyons són vius, però no saludables.

Ara... Ara s'ha calmat aquest dolor.

Sort en tinc que la resta no es manifesta, llevat de les cames que s'adormen massa sovint i dels pulmons que ja no poden amb tota la feina que cada dia els llanço al damunt. Tanmateix, no deixa de ser divertit descobrir que el silenci és la veu que em diu que quan millor funciona una màquina menys m'adono de la seva existència. Mentre

30

no sé que tinc cor, estómac, vísceres, cames i peus tot és correcte, però el dia que ells em recorden que són vius... malament!, perquè Ticí ha de posar-hi remei i aconseguir que la memòria oblidi el llast de la seva presència.

Cada cop que penso en els dies de joventut, me'n ric. Estava convençut que el meu cos era l'encarnació d'Apol·lo. Tothom ho deia. Fins i tot tu, Minervina. I aquest convenciment teu em feia oblidar —o millor dit: no adonar-me'n— que a la vida tot té un cicle i la caiguda arriba, tard o d'hora, per deixar pas a les frustracions i a la realitat, de la qual no podem defugir.

Pobre Ticí! Tot aquest artefacte de músculs, ossos i humors m'ha estat fidel —ja ho crec que sí!— i durant una bona colla d'anys, i, ara, quan ja no respon a les meves demandes, i rondina, i a estones crida, no el puc culpar. És l'amo que l'ha traït, qui no l'ha agombolat com es mereixia. La inutilitat dels remeis aplicats per ell no fa res més que palesar l'evidència de les mancances i les errades, fins al punt que el seu treball esdevé ociós i infecund.

De vegades em dic: perquè soc l'emperador, que si no... ja m'hauria engegat a dida. Ni tan sols faig el més petit dels exercicis que em mana... Però demà baixaré al jardí. Ell s'ho mereix. De segur que l'herba és humida i verda i que un passeig entre els perfums de les flors refarà les meves forces i ell se sentirà satisfet i pagat.

Quan penso en el jardí, em ve al cap la verdor dels camps de Britània, que supera en molt la de Bitínia. L'aire fred que ens empenyia cap a la costa em recordava les nits al desert, a prop d'Alexandria, només que a Britània les temperatures es mantenien baixes tot el temps, puix el seu sol no era un déu poderós, tot i que els britànics també l'adoren.

Jo estava convençut que aquella gent salvatge no comprenia que el progrés porta aparellat el naixement de nous déus, nous ritus i noves religions i en un primer moment vaig riure de la ignorància de Britània, però, amb el temps, he arribat a sentir el mateix respecte que Constanci cap a una gent que no es resignava a perdre el llegat dels seus avantpassats.

Va ser una bona lliçó. El conqueridor venia a imposar i descobria que és molt més important aprendre que aquella religió era el gresol que contenia l'essència de la cultura d'un poble.

Però aquesta no va ser la major de les sorpreses, sinó que n'hi va haver altres que la superaven amb escreix.

Plantar-se davant d'un exèrcit va ser un episodi i una experiència dignes de remarcar i els atacs contra els pictes una font de nous coneixements i revelacions, puix vaig descobrir —no sense certa incredulitat— que Constanci no era únicament un nom entre els soldats i vaig comprendre que m'havia de guanyar el seu respecte, no com a fill d'un general sinó com a mereixedor d'una imatge pròpia.

Si bé sembla senzill bellugar homes, i més quan arribes investit de l'autoritat concedida per l'emperador, tot d'un plegat t'adones que altra cosa ben diferent és aconseguir que aquests mateixos homes es moguin com si fossin pensaments del teu pensament, perllongament del teu braç i peces de la maquinària que comandes i que es desplaça a una simple indicació dels teus ulls.

Constanci havia assolit el màxim nivell i l'exèrcit era la seva maquinària. Ell era cèsar per mèrits propis i no pas per la gràcia de cap déu ni de cap emperador.

El pare prenia decisions contínuament i d'elles en depenien altres homes. I força sovint, al contrari d'allò que havia imaginat, deixava de banda la pròpia persona i pensava més en termes globals que no pas en individualitats.

En Constanci amabilitat i coratge s'hi aplegaven, com si ell també fos més d'un, com jo, i el resultat sempre era sorprenent; moments de fermesa donaven pas a instants de tendresa, substituïts tot seguit per ordres taxatives que miraven de no fer cap mena de concessió al fill perquè els ulls de la tropa no endevinessin ni una guspira de favoritisme.

A Britània vaig ocupar llocs de perill, i prou que em vaig assabentar que els pictes eren homes valents, durs i agosarats. També desorganitzats i sense cap possibilitat de guanyar un exèrcit entrenat i disciplinat com el romà.

En aquells dies els déus van decidir que per companya tingués la sort, per metes, la popularitat i el respecte dels soldats i per arma, la intrepidesa. I de totes elles —n'estic ben segur— la sort em va permetre de sobreviure els anys d'insensatesa que acompanyen la joventut. Quants soldats, oficials i amics no van aconseguir

ultrapassar els vint anys? Teseu, Ròmul, Ciprià, Apul·lei,...
L'ambició i el desig d'emular la imatge de qui teníem
damunt nostre ens feien cometre errades que van ser fatals
per a tots ells, però que només la sort convertí en gestes per
a mi. Quantes vegades no vaig ser a una passa de perdre la
vida en accions inflades per la necessitat d'obtenir mèrits i
demostrar que les paraules representen alguna cosa més
que sons? Quantes?

És la sort que fa els emperadors, i no pas els déus.
Sens dubte.

Els records de moments d'incertesa i de perill són un
munt. Les batalles als petits turons d'Escòcia es podien
resseguir pels cadàvers que deixàvem enrere. Ningú no es
podia amagar en aquelles contrades, despullades d'arbres i
pentinades pel vent de l'oceà que penetrava dins terra
ferma i no permetia que l'herba o els matolls
esdevinguessin orgullós arbre. Eren terres badívoles, on els
cavalls hi podien córrer en línia recta sense que res els
aturés, i les curses i la cacera omplien el nostre temps de
lleure perquè altra cosa no hi podíem fer.

Algun cop m'havia banyat a l'aigua glaçada
d'aquelles costes per tal d'enfortir el cos i aconseguir que la
sang adormida es desvetllés i transportés la calor fins al
punt més allunyat del cor. No gaudia dels banys calents
d'Alexandria i m'havia de conformar amb tímides
remullades a l'aire lliure, quan el temps ho permetia, o

34

amb el succedani d'un gibrell d'aigua escalfada amb el foc del campament, quan el fred no em deixava altra opció.

Pel que fa al plaer de dormir acompanyat l'havíem de reduir i compartir o bé esperar els moments en què topàvem amb algun llogarret, perdut enmig d'una petita vall, i disputar-nos les poques donzelles que quedaven enlluernades per la resplendor dels nostres uniformes o bé aprofitar el final d'una batalla de la qual podíem treure alguna cosa més que els pobres tresors d'aquella gent inculta i vestida amb pells. Les dones, igual que els homes, eren salvatges, la qual cosa encara excitava més els nostres instints guerrers. Sotmetre-les esdevenia una batalla més que els soldats prenien amb un entusiasme superior al de les armes.

Van ser temps d'aprenentatge que tenien per nord i guia la figura paterna, omnipresent en gairebé totes les batalles, malgrat que ja començava a ser gran i, a estones, s'estimava més contemplar el desenvolupament de l'acció que no pas participar-hi. Era durant les seves contemplacions, excusa que li permetia escapolir-se de demanar al seu cos un esforç més enllà de les seves possibilitats, que més m'hi abocava, com si volgués que els seus ulls reparessin en la meva persona i l'orgull de progenitor s'encengués en veure en el seu fill la continuïtat del coratge que durant tants anys havia estat patrimoni personal, però que el pes de l'ancianitat no li permetia mostrar amb la generositat de temps passats.

Ara, amb el gaudi de l'experiència, m'adono que els resultats podien haver estat els mateixos aplicant la intel·ligència, sense haver de menester el concurs de la gosadia i de la irreflexió que aixeca entre la tropa i l'oficialitat el respecte per la valentia i, ensems, l'enveja i la por en l'emperador. No pas en el pare, aleshores cèsar, sinó en qui, des de ben lluny, escoltava les narracions de les meves gestes i calibrava amb molta cura la dimensió i la repercussió del possible naixement d'una llegenda per tal de saber quan havia d'aturar l'enlairada dels nous falcons, tot eixalant-los i impedint-los d'arribar a pensar esdevenir àligues.

Galeri no perdia detall dels meus moviments i Maximià rebia les notícies del pare i les arxivava dins del seu cap, aquell caparró que maquinava constantment i mesurava les evolucions de tots els que l'envoltaven a la recerca d'un perill potencial. En aquells dies ho vaig qualificar de greu defecte, d'intent d'amagar la mitjania de la seva persona, però jo també he après a fer el mateix amb les noves que m'arriben de la frontera i he descobert que és allà on es formen els grans generals, i no pas en les desfilades que tant agraden a la multitud i serveixen per a què uns se sentin segurs i protegits i altres afalagats i orgullosos. Per contra, Dioclecià, amb el retir entre les seves pensades, es limitava a aprovar les accions militars.

Més preocupació havia de sentir per altres temes i prou que vaig disposar de sobrades ocasions per constatar la veritat de l'asseveració que les primeres passes solen ser les més difícils i que la novetat requereix un esforç addicional.

No és el mateix —ni mai ho ha estat— l'explicació de l'instructor que la suma del crit de dolor que esquinça l'ànima i de la flaire de la sang que regira els budells perquè put de valent. L'aire prenyat de pudor de carn podrida, matolls i arbres socarrimats i la contemplació dels camps cremats que han perdut la verdor per convertir-la en negror em feien desitjar de fugir tot corrent i retornar a l'edat en la qual l'espasa era la branca d'un arbre, els crits, esclats de joia i la lluita podia repetir-se una i mil vegades perquè gaudia de la llibertat d'estroncar la batalla i reprendre-la quan ja havia discutit allò que no convenia a la meva vanitat infantil, trastocant papers i atorgant-me gestes imaginàries que a ningú no ofenien i a tots ens afalagaven.

Van ser temps de follia. L'acció tot ho presidia, com si el temps s'esgotés i l'endemà fos el darrer dia de la nostra existència, la qual cosa bé podia ser certa perquè el perill ens sotjava i ens atreia com la més encisadora de les donzelles a punt d'oferir-nos una virginitat immaculada i desitjada pels milers d'ulls que l'han vista abans que nosaltres.

Vam tornar al continent després d'uns mesos de campanya a la part alta d'una Britània que ja restava en pau —en la pau dels seus morts— i encara no havia transcorregut una setmana que el pare ens va conduir cap a la frontera del Rin. Una rebel·lió havia esclatat en aquell país i la seguretat de les fronteres de l'Imperi trontollava.

Havíem instal·lat el campament a prop de la costa i la foscor d'un cel carregat de núvols amagava el canal que ens separava de la Gàl·lia, només present pel soroll de les ones que picaven contra les roques. L'hivern era cru i bufava vent del nord, glaçat. Els camps dormien i la nit es tancava amb devoció per tal d'acollir la tempesta que es desfermaria poc després. Una tempesta com la que avui es congria, com la d'aquesta nit que m'envolta i que la sento propera, amb uns núvols espessits que es movien amb lent caminar mentre el vent exhauria les seves forces en els rombolls que aixecaven les teles que cobrien les tendes. Un llampec va il·luminar el cel i el tro va fer trontollar tot el campament.

De sobte em vaig sentir cridat a sortir a l'exterior i contemplar l'espectacle. Una força incontrolable m'arrossegava fora de la tenda i els guàrdies, en veure la figura del seu cap, van retornar als seus llocs, abandonant l'aixopluc que els oferien els tendals.

Lentament, vaig notar que els meus sentits multiplicaven per centenes el poder de captar detalls.

Un segon llampec va esquinçar el cel en dues parts, tot just davant meu.

—Més val que tornem a la tenda —em va dir Prímul que també havia sortit.

—Entra tu. Jo vindré d'aquí un moment.

Ell va marxar i jo vaig seguir allà, dret, rebent en el rostre l'impacte de la pluja, de l'aigua neta i freda que em mullava.

Tot d'un plegat ja no hi era. Acabava de sortir de mi i em trobava lluny, molt lluny, i feliç, en els confins de l'univers, en el centre de tota la creació, i vaig tenir el pensament que seria emperador. Davant meu s'obria el més enllà, allò que es troba a la frontera de l'univers i que és més infinit encara: una suma infinita d'infinits. I la mirada que havia estat posada en aquest infinit es va girar cap a mi i em va mostrar l'eternitat als meus peus, que eren damunt del present, eren damunt d'allò que succeïa en aquell precís instant, i jo vaig començar a caminar damunt el temps, amb la qual cosa el temps ja no es movia perquè jo era moviment, i el moviment era jo, i el temps ja no existia, havia mort, perquè jo restava quiet. Ho podia abastar tot amb la mirada, sense preguntes, sense dubtes, sense distingir allò que era al davant d'allò que s'amagava al darrere. No hi havia ni abans ni després, ni dalt ni baix, ni dreta ni esquerra; tan sols creació. El respirar va deixar de tenir sentit, car tot jo, tot el meu cos, respirava amb el sospir de l'eternitat. I vaig entendre les paraules de Liberi quan ens deia, allà a Nicomèdia, que és més important observar el què que no pas el perquè, puix que quan saps ja no preguntes sinó que contemples. I el pensador va gaudir de l'eternitat del moment fins a l'extrem de creure morir.

Quan vaig retornar a Britània la tempesta havia fugit i la lluentor del sol de la matinada feria els meus ulls. Va ser amb la contemplació del poder del sol, de l'immens poder de fer que les ombres fugin i la llum ens arribi, que vaig adonar-me que Mitra és el més gran de tots els déus de Roma. Amb la sola presència del sol totes les coses s'il·luminen i les flors i les plantes el busquen, mentre que els colors moren quan ell dorm. Sense ell no seríem res. Mitra és el senyor dels exèrcits, el triomfador sobre la mort, el conductor de les ànimes i la salvació dels homes.

Allà vaig decidir que només a ell retria culte i que seguiria fidelment les passes per tal de superar les set proves i obtenir el grau suprem de Pàter.

Havia estat un viatge a través de l'infinit i, així i tot, no em sentia cansat. Suposo que el combatent havia dormit per mi i havia proporcionat al cos el descans que la natura demana mentre que jo vivia la més extraordinària de les experiències de què una ment intel·ligent pot gaudir.

També és allà, davant de les tendes del campament, que va començar a nàixer la llegenda de Constantí. Aquells homes que feien guàrdia, després d'haver contemplat com restava quiet, sota la pluja, el vent, el llamp i el tro, sense moure un sol múscul, durant tota una nit, van explicar el fet als seus companys i per primer cop van començar a nomenar-me Constantí el Gran.

Brrr! Aquest record m'ha produït un calfred que em porta a la memòria les llargues nits a Germània, sota aquella celístia, corprenent mantell negre farcit de puntets platejats, gairebé un sedàs a través del qual podíem entreveure l'infinit. En aquelles terres vaig aprendre a contemplar els núvols i a descobrir les capricioses vel·leïtats de la natura abans que la pluja no ens amarés. Coneixements que han esdevingut imprescindibles al camp de batalla, que bé poden atorgar-te la victòria o enfonsar-te en la vergonya de la derrota.

La Britània, la Gàl·lia i la Germània van representar una escola de primer ordre, molt superior a Nicomèdia, on la teoria i la simulació pretenien mostrar-nos un recull d'allò que se'ns apareixeria més endavant, i diferent per enter d'Alexandria, on esmerçàvem més temps en les juguesques que no pas en la lluita.

Allà és on vaig descobrir que els preceptors m'havien entrenat en el pensament i havien engrandit les meves capacitats innates, però era la vida que m'havia de modelar i formar amb el fruit de l'experiència.

Hi ha massa diferències entre el cervell humà i la ment universal com perquè un pobre i trist representant del nostre gènere pugui patir l'urc de creure que la seva limitada fantasia pot arribar ni tan sols a gratar els peus de la magnífica diversitat prodigada per la realitat que ens envolta. Per més que he llegit, ni en el més gran dels poetes ni en l'historiador més reputat ni en el filòsof més profund he pogut admirar una descripció capaç de captar tots els detalls i, menys encara, d'afegir-hi una simple subtilesa certament original.

Vam arribar a Germània a començaments de l'hivern, d'un hivern iniciat a Britània i que resultaria especialment cru i difícil. Molt més d'allò que podíem suposar. La neu cobria els camins i els esborrava, recordant-me la sorra dels deserts d'Alexandria. Només que a Germània el fred ens abraçava tot el temps i el sol romania presoner d'uns nuvolots grisos que descarregaven flocs blancs i immaculats que aquella gent venerava com els jueus el mannà.

Els francs diuen que el mantell blanc deixa reposar les terres i impedeix que la força s'escapi i que després de la dormida s'hi aixeca altre cop la primavera. Formoses paraules, plenes de poesia, que no poden enforatar la ferocitat de les tribus germàniques, molt superior a la de les britàniques i tan salvatge com els paisatges nòrdics que ens envoltaven, i que res tenien a veure amb els pujolars d'Escòcia i menys encara amb els jardins de Nicomèdia. Éssers brutals que semblaven no tenir cap mena de sentiments, capaços de torturar, escorxar i esmicolar un cos tot escampant-hi els bocins com si llencessin la llavor damunt els camps de conreu, en els quals havia de créixer més violència.

Feia fred, molt de fred, i ens escalfàvem amb el foc que arrencàvem a la fusta dels arbres dels seus boscos i amb els esperits embriacs que ens arribaven de les vinyes de la Gàl·lia.

Sortosament, els germànics tampoc comptaven amb l'organització necessària per fer front a un exèrcit disciplinat com el nostre, i poques desfetes vam haver de sumar. Però coneixien aquelles contrades i nosaltres érem forasters que en qualsevol moment podíem caure en una emboscada.

En les meves sortides m'acompanyava Prímul, amb qui havia fet una gran amistat a Britània. El pare me l'havia assignat perquè era despert i amb experiència. I era un bon oficial.

Prímul em va ensenyar a motivar un soldat i fer que et respecti i s'aplegui al teu costat per tal que ambdues vides romanguin quan acaba la batalla. Incomptables vegades ens havíem assegut junts, l'un al costat de l'altre, al voltant del foc, coberts amb la pell i amb un got de vi calent a les mans, i ell em traspassava el fruit de la seva llarga experiència i m'explicava com convertir un grapat d'homes en un exèrcit sota un sol cap, fins a l'extrem de poder parlar d'un sol cos.

—Aquí és on neix la veritable amistat, que no mesura la vàlua de la donació perquè la vida que avui tu m'ofereixes demà la regalaré jo a un altre —em deia a Britània.

Una tarda ens trobàvem a prop del Rin i tornàvem cap al campament tot creuant un bosc. Nevava i feia fred. Tot era gris i blanc sense que poguéssim distingir per on passava el camí. De sobte vam escoltar uns xiulets i tres dels meus homes van caure mentre la resta posàvem peu a terra i ens amagàvem darrera dels cavalls.

No podíem veure els nostres atacants. El silenci ens envoltava i la llum esmortia lentament. Prímul era al meu costat i els homes s'havien desplegat. Una nova fletxa va venir pel darrere i un altre soldat va caure.

—Quants creus que poden ser?

—Pocs. Quatre o cinc, com a màxim —em va dir Prímul sense deixar d'escorcollar els arbres amb la mirada.

—Però ells saben on som i nosaltres no. Si deixem que ens atrapi la nit, estem perduts. Ens caçaran com a conills. Que els homes formin un cercle. Sortirem amb els escuts per davant i ens obrirem.

Prímul va fer córrer l'ordre i al meu senyal ens vam aixecar i vam començar a avançar de pressa. Vam trobar-ne quatre i els meus homes van acabar amb ells.

Quan ja creia que tot havia acabat va aparèixer el cinquè, va aixecar l'arc, va apuntar cap a mi i va disparar la fletxa. Vaig sentir el xiulet i em vaig preparar per rebre l'impacte, però no va arribar fins a mi. Prímul acabava d'interposar-se entre ella i jo i va caure als meus braços.

Encara tinc present —tan clara com si fos ara mateix — la imatge del seu cos travessat per la fletxa que, si no hagués estat per ell, hagués posat punt i final a la meva vida. Amb una mà prenia la fletxa assassina amb l'esma d'arrencar-la del seu pit en neta i justa rebel·lia davant una realitat imminent, i amb l'altra mà premia amb força la meva mentre els seus ulls suplicaven ajut, coneixedor, com era, que l'executor el rondava i la sentència ja havia estat signada.

Va morir als meus braços, i vaig sentir en l'ànima el més gran dolor, com si un dard imaginari m'hagués traspassat la part més etèria del meu ésser.

A la frustració de la impotència vaig haver de sumar-hi la pèrdua d'un dels millors oficials que mai no he tingut a les meves ordres. Dos cops en un de sol. I vaig plorar. El Gran Constantí va plorar perquè, tot i la seva grandesa, no podia fer res de res per l'amic que moria als seus braços.

Allà em vaig adonar que l'estratègia de defensa prepotent practicada per Roma, amb un immens exèrcit repartit per totes les muralles, no tenia gaire sentit perquè sempre hi havia un grup de germànics o de francs amb el deler de travessar les nostres línies i caure damunt els pobles propers abans que poguéssim reaccionar, tot saquejant i robant aquella pobra gent.

I allà vaig pensar, per primer cop, que la dita estratègia havia estat útil en altres temps, quan conqueríem i allunyàvem el perill d'una invasió, però, si allò que cercàvem era perpetuar la pau romana i mantenir unes fronteres, abandonant tot nou afany de conquesta, tal vegada convenia modificar els plantejaments. Sens dubte era força millor un exèrcit mòbil que pogués desplaçar-se amb rapidesa d'un extrem a l'altre de la frontera, amb el suport d'unes fortificacions endinsades en el territori sota el nostre comandament, separades per una distància que els permetés mantenir-se en contacte, però que no ens obligués a desplegar les legions al llarg i ample de les muralles. I, endemés, el preu seria força inferior perquè amb menys soldats obtindríem els mateixos resultats.

Tan convençut estava de la novetat i de la grandesa de la descoberta que no m'ho vaig pensar dos cops i directe me'n vaig anar a discutir-ho amb Constanci.

El pare escoltà les primeres paraules i, davant la meva sorpresa, ho descartà de seguida. Jo vaig intentar trobar nous arguments en la defensa de tots els raonaments que m'havien abocat a pensar en la creació d'una nova visió de la defensa de l'Imperi, però no m'escoltà.

—Allò que la història ha demostrat que és bo per a Roma, que ningú ho canviï —em va contestar.

Em vaig sentir menyspreat en la meva intel·ligència, i ferit en l'orgull. Pensava en Prímul i en la inutilitat de la seva mort. Patia l'urc de creure que els més grans havien deixat enrere la capacitat de percebre el futur, i la rebel·lia s'apoderà del meu cor.

Després de la campanya del Rin vam tornar a la Gàl·lia, segurs de merèixer un bon descans, però el pare em va cridar.

—Demà marxaràs cap a Hispània.

—Què se'ns hi ha perdut, allà?

—Maximià et reclama.

—I això és bo o dolent? —vaig preguntar recordant Galeri.

—Crec que vol mesurar-te. Ves amb compte perquè no podré ajudar-te i tot dependrà de tu. Si tens idees no les manifestis. Insinua-les i deixa que siguin seves. I, per damunt de tot, oblida el teu exèrcit mòbil. Ell és de la vella escola.

*** ***

Maximià no era gaire intel·ligent, però era brau i un gran soldat, malgrat que també era dur i cruel.

No vaig tenir cap mena de dificultat per obtenir el seu respecte i la seva consideració. Obeïa les seves ordres i a ell li agradava que fos agosarat i no restés quiet ni un instant.

46

Un dia em trobava a Lusitània lluitant en una operació de càstig quan van arribar tres centúries de l'est. Les comandava un jove oficial anomenat Creste.

—Tu ets Constantí, el fill d'en Constanci, l'amic del tribú Macià —em va dir.

—Que vens d'Alexandria?

—Allà he estat fins fa uns mesos.

—I quines noves em portes del noble Macià?

—Vaig marxar quan ja havia curat les seves ferides i ja tornava a lluitar, però va ser a una passa de morir quan els perses van atacar les guarnicions amb un exèrcit poderós.

—I Brauli? Coneixes Brauli?

Es va quedar en silenci, durant uns moments, i va dir:

—Estàvem amb el tribú Macià quan ens van atacar i Brauli va ser dels primers...

Les seves paraules em van omplí de dolor i van arrencar llàgrimes dels meus ulls. Jo me l'estimava tant! Les converses, les llargues caminades, les lluites fingides cos a cos, la cacera, els jocs, les juguesques, els amors furtius compartits, i tantes i tantes coses no podien deixar-me indiferent.

De sobte em vaig sentir adult. Enrera quedaven els anys de joventut esmerçats en la construcció d'un caràcter, en l'edificació d'una persona i en el poliment i arrodoniment de les arestes engendrades amb la infantesa que el temps acaba per eliminar enterament, si la vida no es trunca en les moltes ocasions que la guerra ofereix.

Era el segon cop que perdia un gran amic.

A partir d'aquell moment vaig començar a lluitar amb ràbia, gairebé amb brutalitat, i les gestes es multiplicaren fins a l'extrem de ser nomenat tribú de primer ordre i rebre la invitació d'anar a Roma.

La sort m'acompanyava i ja tenia clar que el futur m'havia reservat un lloc a la història. Qui ho podia negar, ni tan sols dubtar-ne? Vencedor en totes les batalles, els soldats m'aclamaven i em respectaven; servir a les meves ordres havia esdevingut un honor que em permetia triar el bo i millor de l'exèrcit; honorat per Constanci i per Maximià, em sentia important; venerat pels meus soldats, prou sabia que la glòria era a una passa i que ells em seguirien fins a la mort; cridat per Galeri, bé podia sospitar que els carrers i les festes de Roma anaven plens del meu nom.

El camí d'anada a Roma va servir per a què el pensador pogués retrobar la pau de la reflexió i la contemplació, llargament oblidada durant les campanyes. Llunyans restaven Plató i Aristòtil; d'una densa nebulosa semblaven emergir Xenòfanes, Heràclit i Pitàgores; perduts per enter Hesíode, Anaxímenes i Tales; i mentre el bon Sòcrates es passejava pel meu interior, com si fos l'espectre d'un cadàver, Zenó amagava el seu rostre entre d'altres, cada cop més difuminats.

Però, en el moment de coronar els Alps, la blavor del cel em va atorgar un instant d'eternitat i, de mica en mica, la claredat del sol em va inundar de nou en nou i em va fer veure un pensament que no havia demanat. Si més no, conscientment.

Tot contemplant les valls del fons, assegut damunt una roca, Mitra va tornar a respondre la meva imprecació, aquella que havia fet a Nicomèdia la matinada que va seguir a la nit que vaig restar despert després de la conversa amb en Liberi i Brauli sobre l'eternitat. En un esclat de llum vaig veure que era aquí i ara, on havia de cercar; aquí i ara, i no pas allà i demà, ni en els llocs oblidats del passat. Assegut damunt aquella roca, tot mirant cap a la vall, mentre els cavalls descansaven, vaig ser conscient que el secret de l'eternitat ha de trobar-se en el present i dins nostre; mai enfora, mai al futur, mai lluny; sempre endins, sempre ara, sempre aquí; sempre, sempre, sempre i per sempre més. En aquestes paraules es troba la resposta. Segur! Perquè per sempre més és l'etern, i sempre és un ara que s'aplega a un altre ara per fer més i més; per sempre més.

I ho vaig veure clar: si volia guanyar l'Imperi sencer havia de viure el present perpetu. Llavors seria invencible.

3 .LA VELLA ROMA

Vaig arribar a les portes de Roma amb els fums del jove vencedor, de l'oficial que ja ha demostrat la seva vàlua i viu convençut que amb això ja n'hi ha prou. Com si la glòria passada ja m'atorgués la del futur.

Maximià i Galeri m'hi esperaven i la multitud m'aclamà. Les flors queien damunt meu, relliscaven fins al terra i eren xafades pel cavall que em portava fins a la quadriga que havien disposat per tal de dur-me al peu de l'escalinata, mentre unes veus enceses penetraven la meva oïda i enlairaven el meu orgull. Honor al vencedor, cridava el poble en un clamoreig eixordador de crits i víctors.

Milers i milers d'ulls restaven pendents de la meva persona, embruixats pels reflexos que la llum del sol arrencava als metalls de l'armadura.

Què més podia desitjar? Roma m'obria el seu cor de bat a bat i m'oferia la seva hospitalitat, la més gran que cap ciutat no ha tingut mai. Aquesta és una possessió que ningú no pot negar a qui s'asseu damunt set turons i els domina, que capitaneja la major part de les virtuts i dels vicis de l'Imperi, potser perquè quan més gran és la cara de la moneda tant més gran és la seva creu.

Allà, sentint-me el centre d'atenció de tota la multitud em vaig creure un déu: l'encarnació del meu estimat Apol·lo.

Una quadriga em transportà per tota la via Flamínia fins desembocar al Capitoli, on se'm va coronar amb el llorer que només s'atorga als grans vencedors.

Quanta gent hi havia, al peu de l'escalinata?, em demano ara. No ho sé, però les veus omplien tota Roma, i tot el meu cor a vessar.

L'endemà, Galeri va voler escoltar dels meus llavis el relat de les accions que havien assolit les pacificacions de Britània i de la Hispània.

Galeri era perillós. Sota aquella fingida capa de cortesia s'hi amagava un home que mesurava cadascuna de les paraules i cercava respostes a preguntes mai pronunciades. Però no podia oblidar que, malgrat que s'havia engreixat i havia perdut l'arrogància del soldat damunt del cavall, Dioclecià mirava pels seus ulls, fins a l'extrem que una paraula favorable de Galeri era el salconduit a la glòria, mentre que un comentari malèvol podia transformar-se en una sentència de mort. Jo ja m'havia escapolit de la seva ira en una ocasió i més valia no temptar la sort per segona volta, així que em vaig estimar molt més atorgar tota la glòria a Constanci i a Maximià. I la decisió es va revelar encertada puix la meva fingida humilitat va complaure a qui seria el successor de Dioclecià i vaig gaudir de total llibertat. Fins i tot, de la seva estima, gosaria afegir-hi.

Al llarg dels dies següents les felicitacions es prodigaren i els convits es multiplicaren. Els comentaris d'admiració guimbaven de boca en boca i les dones baixaven la veu al meu pas i em llançaven mirades furtives, plenes de passió i promeses que podien esdevenir realitats a una sola paraula meva. Vaig recordar Drusil·la i Hadriana perquè més d'una d'aquelles matrones romanes la va complir amb escreix, la promesa. I tant que la va complir! Sobretot una d'elles.

Es deia Gal·la i la vaig conèixer tres dies després de la meva entrada triomfant. Va ser a casa del senador Merculià, un bon amic del pare, on jo hi vivia. Ella s'asseia a l'esquerra de la sala. Jo al costat de l'amfitrió, presidint la festa. Hi havia acròbates, ballarines i lluitadors i les veus i la cridòria dels convidats ofegaven per enter la música. Les taules eren tan plenes de menjar que només mirar-les ja em sentia fart. Tothom reia, llevat d'ella que em mirava i, quan jo m'adonava, abaixava els ulls i adoptava un posat humil i tímid que no podia amagar la seva bellesa.

—És perillosament desitjable —em va somriure Merculià, que havia copsat el nostre diàleg de mirades.

—Qui és?

—L'esposa de Rufus. Un vell avariciós que només pensa en els diners i abandona aquesta joia enmig de Roma.

—No hi és el seu marit?

—Allà el tens —i va assenyalar cap a l'altre extrem de la sala, on tres homes semblaven discutir—. Segur que persegueix la compra d'algunes terres i deu estar tancant el tracte.

Darrere nostre, dempeus, hi havia un esclau que, tot i ser petit, prim i amb cara d'espantat, semblava prou diligent i eficaç. El vaig cridar i li vaig dir:

—Veus aquella dona, la dels cabells rossos i els pits grans? —ell va assentir amb el cap—. Vull saber si em rebrà a casa seva.

Ja marxava quan el vaig aturar, tot agafant-lo per la roba, i vaig afegir:

—La pregunta només és per a ella. M'has entès?

—Ja ho havia entès —em va contestar amb un somriure de complicitat i va desaparèixer.

Vaig estar a l'aguait i no vaig veure que en cap moment s'apropés a l'objecte del meu desig, però en acabar la festa em va venir a trobar i em va dir:

—T'espera demà al vespre. El seu marit marxa de viatge cap al nord.

—On viu?

—Li demanaré permís a l'amo i demà t'hi acompanyaré.

—No cal. Ja hi puc anar tot sol.

—Jo sempre acompanyo l'amo. Algú ha de vigilar en situacions tan delicades.

Vaig somriure. A Roma tot estava previst, tot tenia les seves normes i els seus camins. No sabia com s'ho havia manegat aquell esclau, però el resultat era positiu.

—Quin és el teu nom?

—Teòfil, senyor.

*** ***

La casa de Rufus tenia dues entrades: la principal, al davant, i una altra al darrere, més discreta i amagada que donava a un petit jardí. Teòfil m'hi va conduir i vaig accedir directament a la cambra de Gal·la, que també donava al jardí, mentre ell es quedava fora amb tres esclaves que protegien l'ama.

Gal·la em va oferir fruites i vi i es va quedar davant meu amb els ulls baixos i el mateix posat tímid de la festa. Vaig beure un glop de vi i ella va prendre un gra de raïm i se'l va passejar pels llavis, sense dir paraula. Se'l posava a la boca i se'l treia, semblava mossegar-lo i només li esquinçava la pell. Vaig beure un segon glop. La veia tan delicada, tan tímida i tan encisadora que no sabia què fer. De sobte vaig sentir que la sang em bullia. Ella no parava de jugar amb el gra de raïm i se li escapà de les mans i li va caure entre els pits. Tremolava com si fos la primera vegada que estava amb un home i això em va excitar fins a extrems impensables. Llavors em va semblar que estava indecisa amb el gra de raïm entre les seves carns i a mi se me n'hi anaven els ulls i només veia que eren grans i es movien amunt i avall amb rapidesa.

Va aixecar lentament les mans, es va agafar les dues masses de carn, per sota, les va estrènyer amb força l'una contra l'altra, va deixar anar un crit curt i apagat i vaig veure com el gra esclatava i li mullava tot el coll fins a la barbeta.

Ja no vaig poder més. Una escalfor em pujava pel ventre i sentia les galtes enceses. Li vaig esparracar el vestit i la vaig penetrar allà mateix, sense cap més preàmbul, mentre ella em mossegava el coll, les espatlles i el pit, m'abraçava amb les seves cames i em prenia per les natges.

I jo que pensava que era tímida!

Dues hores després ja l'havia posseïda tres cops. Gaudia d'una habilitat increïble per excitar-me quan jo creia que ja no podia més. Em deixava reposar i m'oferia vi i acte seguit reprenia el seu atac amb armes que cap altra dona havia emprat amb mi.

Cada cop em sentia més marejat i a cada glop de vi la sang em tornava a bullir. Desitjava sortir corrents d'allà, però no podia i ella no parava d'esprémer-me fins a la darrera gota.

—Senyor, algú arriba —vam sentir la veu de Teòfil, que parlava des de la finestra.

Em vaig llevar de pressa i vaig notar que el cap em rodava, que tots els mobles de la cambra es movien i que les columnes se m'apareixien tortes. Aquest vi..., vaig pensar.

—No te'n vagis —em va dir amb veu tendra i insinuant—. Estàs millor amb mi.

I va obrir de nou les cames, mentre s'acariciava el ventre i l'interior de les cuixes, es movia com una gata mandrosa i es fregava el llavi amb la punta de la llengua. Gairebé vaig estar a punt de tornar-hi, però un sisè sentit em deia que allò podia ser la fi dels meus dies.

—Si no és el teu marit, tornaré —li vaig dir i vaig atrapar el jardí quan encara no m'havia vestit.

Teòfil em va agafar de la mà i em va treure d'aquella casa. El cap em rodava i només podia sentir les rialles de les esclaves que s'acomiadaven d'ell.

Un cop fora, em vaig acabar de vestir i l'aire fresc va fer que em sentís millor. Llavors vam començar a caminar cap a la casa d'en Merculià i vaig adonar-me que Teòfil s'endarreria.

—Què tens? —li vaig preguntar.

—Tu només has hagut d'acontentar-ne una, però jo...

—Les tres? —vaig cridar, incrèdul.

—M'han fet beure un got de vi i, malgrat que a mi les dones...

—El vi —vaig xiuxiuejar mentre assentia amb el cap —. El vi —vaig repetir. Ara ho entenia tot: l'escalfor, el mareig, l'excitació,... —. I com t'ho has fet, per sortir-te'n?

—Quan he acabat amb la tercera, he vomitat.

—Ets un malparit —vaig esclafir a riure—. Vine, que un bon got de vi et refarà —i el vaig prendre per les espatlles per tal d'ajudar-lo a caminar.

—Sort en tens que les dames són més delicades que les esclaves.

—Delicades? T'explicaré un secret. Aquesta dona supera totes les històries que s'expliquen de Messalina i és el primer cop que Constantí fuig del camp de batalla. Però si ho expliques, et tallaré la llengua.

Teòfil coneixia tot de tothom: qui era, qui no era, què feia, a qui coneixia, què pensava, amb qui es veia, a qui enganyava, a qui estimava, amb qui feia tractes,... I gràcies a ell vaig poder viure altres aventures. Només que més suaus i tranquil·les.

Tres dies després vaig parlar amb en Merculià i li vaig dir que li volia comprar l'esclau Teòfil.

—És teu. Te'l regalo. Jo no he de menester els seus serveis —Em va picar l'ullet i afegí—: Ja no tinc prou energia per acontentar les matrones.

Tanmateix, una setmana d'estada a la capital em va mostrar clarament que aquella vida no anava amb mi. Però la vaig haver d'acceptar, com tantes altres coses he hagut d'admetre i suportar al llarg de l'existència. Era ben conscient que els soldats guanyen les guerres, però qui remena dins l'olla del poder són uns altres força diferents: els homes que mai prenen les armes sinó que mouen la paraula a favor de qui favor els ha de fer i en contra de qui ombra els ha de projectar. Maleïts hipòcrites capaços de maquinar la millor manera de fer caure el nouvingut a les xarxes de la fàcil adulació i preparar-li el llit que li servirà de repòs i de tomba, acaramullant-lo d'oferiments de plaers que s'amunteguen i posant a la seva disposició esclaves i esclaus, senyores i senyors, els més delicats menjars, els vins més selectes, els gustos més encisadors, teles suaus i elegants i tots els prodigis que Venus, Afrodita, Bacus i tots els déus dels sentits poden obrar amb un mortal.

Roma era així. Qualsevol desig podia trobar complaença i tothom galejava de les seves conquestes amoroses, mentre que els llits eren compartits per esposes, marits i amants. Uns ignorants i els altres orgullosos i superbs, sense adonar-se que els papers canvien i l'orgull d'un moment pot esdevenir la vergonya perpètua de l'endemà, quan tothom s'assabenta que qui planta banyes és tan cornut com el que més.

Ara bé, no tot era dolent i no puc oblidar que Roma em va permetre la pràctica de l'equitació amb els cavalls més formosos de l'Imperi i em va concedir el plaer dels banys més sumptuosos i de les converses més refinades.

Però, per descomptat, tot esdevenia novetat puix els hàbits adquirits en campanya res hi tenien a veure amb aquella vida ociosa i còmoda que cercava la victòria en la troballa d'un plaer que pogués superar tots els altres o en la batalla lliurada damunt el llit de la dama més desitjada i més inaccessible de l'Imperi o bé en l'obtenció d'un grau de poder superior. Recerca de noves sensacions que conduïa, indefectiblement, cap al vici que genera la buidor: la gran serp que habita les profunditats marines i que ho devora tot, sense parar.

En fi! Roma és Roma, i no crec que ningú pugui arribar a fer una descripció prou acurada de la més gran de les capitals que el món ha conegut al llarg de tota la història de la humanitat, alberg de totes les grandeses i de totes les misèries d'una civilització que ha anat dipositant dins les seves muralles el bo i millor juntament amb les escòries i la brutícia, com si ella fos el recull i el museu de totes les virtuts i defectes que les diverses ètnies havien afegit al primitiu esperit romà, a l'impuls que ens havia tret de la misèria i ens havia enlairat fins a la cúspide del poder.

I, per si encara fos poc, a tots els perills, propis d'una capital que rau dormida en el somni de la grandesa, vaig haver d'afegir-hi la vida política de Roma, vertaderament embolicada i complexa per a un jove inexpert que procurava aplicar-se en l'exercici de la prudència, de la qual no n'havia gaudit gaire en els primers temps d'estada als camps de batalla. Amb una barreja de sorpresa, menyspreu i temor vaig descobrir que la complexitat d'aquella tramada de relacions era infinitament major a Roma que no pas a la Gàl·lia, la Britània, la Hispània o la Germània. Moltes vegades —massa vegades— he pogut constatar que les paraules més ben triades no sempre són producte del desig de manifestar-se més acuradament sinó que amaguen les intencions més rebuscades.

Però, vaig aprendre a viure enmig d'aquella disbauxa, tot i que no va ser gens fàcil perquè sentia l'enyorança dels combats amb enemics que avançaven amb l'espasa nua fent front al meu braç amb la força del seu. Si més no, allà les regles eren clares. L'enemic era a l'altra banda del bosc i qui tenia al costat era un dels nostres. Els dubtes gairebé no existien: matar o morir, blanc o negre, sol o lluna, nit o dia, amic o enemic. Però difícilment hi havia tons grisosos, núvols, ombres o mitges veritats. Tot a l'inrevés de la societat romana, que m'adormia.

Ja té raó Sòprates quan diu que el veritable amic es comporta com un enemic perquè procura que mai t'adormis. Roma, la Roma eterna, podia conduir-me amb extrema facilitat a l'eternitat del somni capgirant la seva acollidora hospitalitat en trampa mortal.

No va ser cap experiència positiva, malgrat que va representar un important enriquiment en el terreny de la política i de les relacions. I a la primera ocasió vaig abandonar la capital de l'Imperi. El pare m'havia escrit comunicant-me que tenia una nova campanya a les portes i de bon grat m'hi vaig afegir. Havia de menester un recordatori d'allò que em manté viu.

4.- UNA NOVA DIMENSIÓ

Érem a la tardor. Arribava de Bretanya amb l'ànim decaigut, cansat pel llarg viatge, apallissat per l'estúpida companyia d'un lleuger i persistent plugim que ens havia empaitat durant més de tres jornades, nit i dia, a totes hores, sota un vent anguniós i amb la vestimenta enganxada a la pell. Vaig entrar amb l'exèrcit a Arles gairebé de nit i el pare m'hi esperava amb una festa. Els convidats ja eren a taula i les viandes fumejaven, però dins el meu cap només hi havia un pensament: saludar Teodora i el pare, presentar-los els meus respectes i fugir el més aviat possible cap al llit.

Tot just entrar en el gran menjador del palau, vaig veure Teodora que s'havia alçat i caminava cap a l'altre extrem de la sala. Es va tombar cap a mi, va venir a trobar-me i m'abraçà.

Malgrat no sentir gaire simpatia l'un per l'altre, sabíem dissimular prou bé. Ella és qui havia accedit davant la petició de Dioclecià i m'havia enviat a estudiar a Nicomèdia. Ella és qui va convèncer el pare que era la millor solució. Ella, en definitiva, sempre procurava enlairar els seus fills, i germanastres meus, pel damunt de la meva persona. I res de tot això havia canviat al llarg del temps.

Li vaig dedicar un somriure i ella es va apartar per deixar-me continuar amb el meu camí, però ho va fer amb tan mala fortuna que va ensopegar amb una noia que seia allà al costat i ambdues rodolaren pel terra. Es va crear una lleugera commoció i es va fer el silenci. Constanci va venir tot corrents. Afortunadament, semblava que ningú no havia pres mal.

—Una entrada triomfal, però més val que guardis les teves forces per abatre l'enemic i no pas l'esposa del cèsar —em va dir amb una riota i tots els presents el van corejar.

—Seiem nosaltres també. Estarem més segurs —va afegir Teodora i es va penjar del seu braç convidant-me a acompanyar-los.

Fins aquell instant, amb tot el rebombori, no m'havia fixat en la noia que ja tornava a ocupar el seu lloc i em vaig adonar que es fregava la cuixa. I li vaig preguntar:

—Has pres mal?

—No és res. Només un copet sense importància.

—Aixeca't i camina —li vaig ordenar amb el mateix to que empro amb el soldats.

Llavors em vaig adonar que sota aquell rostre de vestal hi havia un cos magnífic que caminava amb dificultat. No m'ho vaig pensar dues vegades, vaig prendre el fileret de la seva túnica i vaig descobrir la llarga cama. Ella es va espantar, va mirar al seu voltant i les galtes se li encengueren. N'estava tant de bonica, allà dreta, sufocada, sent el centre d'atenció de tothom...

Tres dits per damunt del genoll lluïa una considerable vermellor. Gairebé de la grandària d'un ou.

—No m'agrada gens ni mica la pinta que té aquest cop— vaig fer. La vaig prendre en braços, em vaig disculpar davant Teodora i vaig abandonar la festa a la recerca del físic mentre les riotes sonaven darrere nostre.

—Encara no has fet prou exercici? —vaig sentir cridar el pare.

Ella va iniciar una tímida protesta, però va callar. Se la veia violenta i respirava agitadament, però a mi poc m'importava. El seu cos era lleuger als meus braços i les seves carns, tendres, s'ensorraven i s'emmotllaven a la forma de les meves mans. M'havia rodejat el coll amb els braços i mantenia el cap dret, distant i majestàtica, amb un rictus de disgust als llavis que encara accentuava més la bellesa del seu rostre, just competidor de la perfecció.

Polibi, el metge grec a qui Constanci havia confiat la salut de tota la família, va examinar el cop amb detall, movent els dits amb agilitat damunt la vermellor que ja havia començat a enfosquir-se, mentre ella deixava anar de tant en tant un petit gemec i retirava la cama. Finalment, Polibi va confeccionar una cataplasma i l'aplicà damunt la ferida que havia adquirit tonalitats blavoses. Ella li va donar les gràcies i va intentar llevar-se, però Polibi digué:

—Val més que no caminis durant els dos propers dies —i després d'un lleuger silenci afegí—: Has tingut sort de venir perquè aquestes ferides, estúpides, com diu la gent ignorant, poden tenir greus conseqüències.

Per primer cop vaig veure els seus ulls. El rictus havia desaparegut per complet i els seus llavis em dedicaren un somrís que bé podia il·luminar l'estança d'un extrem a l'altre.

—Quin és el teu nom? —vaig preguntar.

—Ja l'hauries de conèixer.

—Creus que podria oblidar un rostre com el teu, encara que només l'hagués vist un sol cop?

—Doncs no tan sols l'has vist sinó que l'has colpejat més d'una vegada i segur que encara tens la ferida que et vaig fer a l'esquena amb un fuet.

Déus de déus! Eres tu, Minervina! Aquella nena que jugava amb mi quan era un marrec i que sempre em feia enfadar. El meu primer amor. L'amor d'un infant que procurava no perdre els pocs lligams que em mantenien arrelat al lloc on vaig néixer.

Ja no hi vam tornar, a la festa. Per què? Ho teníem tot a la vora, tot allò que ambdós podíem desitjar...

L'endemà, quan em vaig llevar, dormies plàcidament al meu costat i durant uns minuts et vaig contemplar.

66

Reposat era el teu son, tranquil el teu respirar, deixada la teva postura, formós el rostre i feliç el somriure. Tan sols havíem trigat dues hores en refer la coneixença i aquella nit vam fer l'amor. No podia creure que aquella nena amb trenes hagués esdevingut una dona tan encisadora. Et vaig estimar amb passió, amb tendresa, i amb follia i l'èxtasi em va fer dormir als teus braços.

De matinada, el meu amor era ben diferent, el meu mirar vessava sensibilitat i dolçor i disposava d'un xic de temps per recordar tots aquells moments en els quals havia estat feliç vora teu. Jugàvem de petits i tu imaginaves que un dia seríem esposa i espòs. Jo m'empipava perquè deia que aquests eren jocs de nenes i més d'un cop ens havíem barallat, però una força incontenible em tornava cap a tu. Només teníem deu anys.

I en aquell moment, quan et contemplava dormida, amb la claror de l'albada, el meu amor era més pur. T'havia estimat, t'estimava i sabia que l'endemà seguiria estimant-te. Recordo que el combatent va deixar pas al pensador, al filòsof i al poeta i que l'amor inundava els meus pensaments i que et deia, sense paraules, només amb la mirada: permet que de tant en tant m'oblidi del teu cos per tal d'estimar-te encara més, però no permetis, ni per un segon, que oblidi la teva ànima perquè et prendria aquesta vida que dóna escalfor a la meva. Deixa'm aspirar el teu alè, beure dels teus llavis i robar-te totes les carícies. Fes el mateix amb mi, amor meu. Així sentiré que sóc ben capaç de donar tot allò que hi ha dins meu, i rebré l'infinit. Encara que el meu cos s'allunyi, el meu cor i la meva ànima restaran amb tu. Guarda'ls, amor, guarda'ls i agombola'ls perquè són per a tu i per a tota la vida.

Jo, que mai havia escrit poesia, era capaç de dibuixar-la a l'aire. El combatent s'excitava amb la teva sola presència i el pensador vivia instants de plenitud.

Dues setmanes després ens casàvem i el pare era feliç.

—Fan una bona parella —va comentar Teodora. I afegí—: Els déus són magnànims perquè atorguen la felicitat a qui no pot aspirar a res més —i va mirar els seus fills amb orgull.

No vaig donar cap mena d'importància a les seves paraules. En aquells moments només tenia ulls per a tu.

La meva vida va canviar per complet. Et buscava a totes hores. M'agradava de conèixer totes les teves qualitats, immenses qualitats que t'adornaven: la paciència, la bondat, la tendresa, la saviesa, la simpatia,... I em sentia feliç, molt feliç, perquè cada dia descobria un nou detall: potser un gest, tal vegada una paraula, un sentiment, un somrís... Tant se val! Sempre hi havia quelcom de nou.

La nit que ens vam retrobar el món es va aturar i el temps va desaparèixer. Ni el soroll de les fulles dels arbres ni el xiu-xiu del vent ni el cant dels ocells destorbaven el silenci, aquell silenci ple d'amor. Et sentia dins meu de la mateixa manera que la sang a les venes; et portava dintre meu perquè vaig construir un niu per a tu, amb branques d'amor que no eren altra cosa que braços per abraçar-te; i el vaig penjar, el niu, del meu cor amb cordes de poesia per bressolar-te a cada passa.

L'endemà no vaig voler despertar-te. Et mirava i no podia desvetllar-te perquè trencar aquella imatge... Déus!, Com podia, ni tan sols, gosar tocar la perfecció? Sabia que sojornava en els teus somnis —el teu somriure m'ho deia— i em sentia viure dues vegades. I tu també reposaves en el palau dels meus pensaments. Vaig tocar lleugerament la teva galta amb els meus llavis per desitjar-te un bon dia i després vaig acariciar la teva mà per tal de recordar durant tot el dia la suavitat d'aquella pell, blanca i tendra.

Vint-i-quatre anys tenia jo quan va nàixer Crispí, fruit del nostre amor, i ja en feia dos que omplies les meves hores de repòs entre campanya i campanya. El retorn a casa, després d'una llarga estada en la frontera, es feia etern, desitjós de caure als teus braços i abandonar-me damunt nenúfars mentre l'aire ens portava suaus melodies.

Em vaig sentir tan feliç, tan ple i tan vital que em passava hores senceres contemplant aquell tendre infant que era meu, era nostre, era el fill del Gran Constantí. I vaig fer plans i més plans sobre el futur d'aquella nova vida. Jo l'entrenaria, personalment. Iríem de cacera i l'ensenyaria a manejar l'arc i aconseguir que la fletxa cobrés la millor peça.

Recordo especialment el dia que vaig tornar de Germània i tu vas sortir a rebre'm, però ja no el duies als braços, sinó que venia caminant cap a mi amb passes insegures. Em vaig agenollar davant d'ell i la seva mà va tocar el puny de la meva espasa. El vaig aixecar ben enlaire i vaig cridar:

—Aquest és el fill de Constantí!

I la tropa el va aclamar mentre l'orgull omplia el meu cor de gom a gom. Vaig traure l'espasa i li vaig dir:

—Un dia serà teva i Roma se sentirà segura.

Tu estaves darrera nostre i somreies. Què més podia demanar? Tenia a la vora el meu present i als braços el meu futur. I aquella mateixa nit et vaig demanar un altre fill.

Per més que visqui mil anys no em serà possible esborrar de la memòria els moviments felins de la teva nuesa, quan arribaves gatejant damunt el llit i les puntes del teu cabell negre m'acariciaven les cames, i els mugrons se t'endurien només gratar lleugerament el meu ventre. Les teves mans gaudien de més habilitat que la més reputada de les cortesanes de Roma en una estranya barreja de concupiscència i tendror que em transportava fins a les esferes més allunyades i celestials, on el plaer es confonia amb el misteri del sentiment. I hauria pogut morir de plaer quan el teu nas resseguia lentament el meu coll, excitant-me la pell i preparant el camí que recorreria la llengua, mentre els meus llavis coneixien cada centímetre del teu cos, des de la punta dels dits del peu fins a les orelles, els lòbuls de les quals xuclava amb fruïció. I prou vegades m'havia aturat perdent-me entre les teves intimitats, arrencant queixes de plaer a un cos que s'arquejava, desitjant-me, demanant-me més i més.

En cadascuna de les esclaves que omplien les meves soledats, en els camps de batalla, buscava la teva imatge, però ni una de sola se't podia comparar. Acariciar uns malucs voluptuosos sempre m'ha produït sensacions exquisides i bé puc dir que he gaudit de pitams de tot tipus, formes i grandàries. Entre totes elles recordo Valèria, amb la seva pell que guanyava la més fina de les teles i que es transformava en pura seda quan pujava entre les cuixes a la recerca dels seus secrets. Però, mancava un detall que m'impedia convertir les experiències viscudes en úniques. La desitjava, però no l'estimava. No sentia per ella la veneració que tu m'inspiraves. I aquesta diferència constituïa un abisme que no podia salvar ni el millor dels aqüeductes romans perquè no existia líquid per transvasar i tota construcció resultava estèril i inútil.

Tu vas ser la major de les conquestes del Gran Constantí. La suma de totes les campanyes contra els pictes, els francs, els germànics, els britànics, els perses, els sàrmates... no m'han proporcionat tanta satisfacció com una nit d'amor o una tarda de conversa amb tu. Cos delicat, mans suaus, formes dibuixades, veu de sirena, cor generós, cabells de seda, ulls immensos i negres de profund mirar, moviments gràcils i plenitud de l'amor, em comprenies millor que no pas jo mateix, i aquesta comprensió et permetia determinar amb tota exactitud quan estaves amb l'home d'acció i quan amb el filòsof, aplicant una tàctica o bé una altra en funció de qui et rebia i qui et visitava. Sabies perfectament quan la iniciativa havia de partir de

71

tu o de mi, combinant el foc i l'aigua, la força i la tendror en admirable equilibri i delicada harmonia.

El temps al teu costat, escurçat per les campanyes amb què Constanci m'allunyava de casa, eren hores guanyades a la vida, instants d'eternitat, temps d'amor i temps dins del temps. Parlar amb tu era parlar amb mi mateix, puix cada paraula retornava plena de reflexió i m'obria noves portes.

Una nit jugàvem l'un amb l'altre. Acariciava el teu cos amb tendresa, després d'haver fet l'amor, i la son no arribava als meus ulls.

—És molt tard —em vas dir—. Demà has de marxar i has de descansar.

Però vas ser tu qui es va adormir. Vaig deixar caure la mà damunt el teu pit, tot prenent la forma arrodonida d'aquell pedaç de carn viva. Era fosc i només podia distingir la silueta del teu rostre. Em sentia bé.

De sobte vaig notar que la mà deixava d'existir, que el teu pit esdevenia part de mi, que m'estava fonent amb ell, oblidant que existien dues pells que ens separaven. La foscor va fugir i els meus pensaments et van penetrar i els teus em van penetrar a mi, tal com la meva virilitat acabava de fer moments abans amb la teva més pura intimitat. No obstant, la penetració no era material ni la meva carn tenia res a veure amb aquella estranya unió més enllà de tot contacte físic.

És difícil descriure sensacions que s'escapoleixen de tot suport que pugui ser tocat, escoltat, olorat, vist o tastat, sinó sentit per una part de mi que no viu enlloc del meu cos i que ho abraça tot.

Llavors em vaig adonar que el cos sencer, inclosa la ment, no era jo, malgrat jo era aquell. Les mans, els peus, els braços, les cames, l'estómac, el cor, els ulls, les orelles, el cap, el pensament, els sentiments,... Cap d'ells era jo, i jo era tots ells, ensems. Però hi havia alguna cosa més: la meva pell no podia separar-me del món perquè el món formava part de mi. O jo d'ell. No ho sé pas. I la unió que havia començat amb tu es va estendre més enllà del llit, més enllà del palau, de les cases del voltant, d'Arles, de les planes, les muntanyes i les aigües de la mar, com la boira s'estén per la vall i amaga sota el seu mantell totes les coses visibles del món, molt més enllà de la cúpula d'estrelles que ens acull. I vaig viure la infinitud. I l'infinit em va atorgar, altre cop, la visió de l'eternitat. En les meves mans es trobava el poder de moure'm endavant i enrere en el temps, jugar amb l'espai i atrapar les fronteres de l'Imperi sense posar un peu al terra. Llavors vaig captar que tot l'univers girava al voltant d'un sol punt, petit, diminut i perdut, i que la vida formava part d'una llei immutable i eterna que a tots ens pertoca i a tots en obliga.

Acabava de descobrir una nova dimensió: la dimensió de l'amor.

Desconec el temps que va durar l'experiència, però prou que hagués volgut que esdevingués perpetu. Tots els lligams havien desaparegut, s'havien diluït en la immensitat d'aquell infinit eteri i real i m'havien proporcionat un instant d'immortalitat. Poc pensava en mi;

poc m'importava la consciència del meu existir; només sentia amor, vida i eternitat.

*** ***

El pare jugava amb Crispí, que era el seu primer net, i cada cop em delegava més tasques, la qual cosa no acabava de complaure l'esposa del cèsar que sempre procurava que els seus fills restessin a prop de Constanci.

Un dia vaig entrar a la sala de les audiències. El pare jugava amb Crispí.

—Quan jo ja no hi sigui, vull que tinguis cura dels teus germans com si cadascun fos ell —em va dir mirant el meu fill.

—Tens la meva paraula.

Va girar els ulls cap a mi i va somriure.

—D'això no n'has de fer cap comentari a Teodora —digué. Guardà silenci uns moments i afegí—: Ella sap llegir entre línies. Comprens?

*** ***

Va ser a la primavera següent. La neu fonia i els rius baixaven plens mentre la natura despertava i els camps s'omplien de flors. Jo havia sortit cap al nord amb dues legions per fer una visita d'inspecció als campaments de Bretanya. Ja feia tres setmanes que ens movíem per la regió i una tarda, quan arribava al campament que ens servia de base un missatger m'hi esperava. Se'l veia trist.

Immediatament vaig pensar en el pare, que ja era molt gran.

—Passa alguna cosa?

No va dir paraula. Va allargar la mà i em va donar el pergamí. Vaig trencar el segell del cèsar i vaig llegir-ne el contingut. La sang se'm va glaçar a les venes i vaig estar a punt de caure.

El viatge de retorn va ser ràpid i sense paraules. Em vaig endur uns quants soldats i vaig deixar Marc Tibi al comandament. Gairebé no dormia. Caminàvem de pressa, forçant la marxa, allargant els dies i escurçant les nits, oblidant que la pluja ens amarava i el fang ens retardava.

I les llàgrimes van brollar. Llàgrimes i més llàgrimes, un vertader devessall, que van inundar el meu cor i que gairebé em van ofegar perquè havia perdut la font de la vida. Només em restà de tu el record i un fill.

—Maleït destí! Me l'has furtat! —vaig cridar embogit, foll de ràbia i de dolor.

Davant la teva tomba, amb Crispí al costat, agafat de la mà, vaig maleir els déus. Jo ho hagués donat tot per tu: l'Imperi sencer! Amb el teu amor havia trobat un apunt sobre el sentit de l'eternitat i amb la teva mort vaig veure esmorteir-se tota esperança de trobar-la, l'eternitat, i vaig notar com la immensa força que m'acompanyava es diluïa fins esdevenir res. Aquí em vaig aturar. Cap nou pensament, cap nova reflexió podia sortir del meu interior. Només veia la teva imatge que ocupava tot el meu cervell per enter.

Déus!, les llàgrimes ja tornen a vessar. Oh, Minervina, Minervina, Minervina! On ets? Per què em vas abandonar?

Tot el poder del Gran Constantí, l'encarnació vivent d'Apol·lo, d'un déu, i no vaig poder fer res per retenir-te. Els déus no em van escoltar i vas morir víctima d'aquella estranya malaltia que et va arrencar la vida. Quatre anys. Només quatre i els déus em van castigar per haver estat feliç.

Aquella nit, tota la nit, me la vaig passar davant la teva tomba i durant els dos dies següents no vaig abandonar la cambra ni vaig menjar. Podia sentir Teòfil al darrere de la porta. Ell també plorava. I sé que no es va moure d'allà, com un gosset als peus de l'amo. Finalment, quan vaig sortir, ni el vaig mirar. Eren tantes les llàgrimes que cobrien els meus ulls que poc podia veure res del meu entorn. No era capaç de descobrir l'immens dolor que reflectia el seu rostre. Ell sentia veneració per tu i jo ni tan sols li ho vaig agrair.

Mirava Crispí, que jugava al pati, i plorava i plorava. De mica en mica, el vaig apartar i vaig confiar la seva educació a Teodora. Ella m'havia arrencat de la meva mare i això mai no li ho vaig perdonar, però t'estimava i estimava Crispí. És curiosa aquesta vida: a mi em va fer fora i al meu fill el va acollir. Tanmateix, tot el mèrit és teu, Minervina, perquè tu sabies guanyar-te l'afecte de tothom.

Potser va ser la primera, i l'única vegada, que vaig copsar la sinceritat en Teodora. Sempre havia estat una dona freda i calculadora. Tu, per contra, eres amable i cordial amb tothom. Fins i tot amb els esclaus.

Anys després Maximià ens va visitar. Venia acompanyat de la seva filla Fausta i es va tancar amb el pare i van estar parlant força estona. Quan van acabar, el pare em va fer cridar.

—L'emperador sent un gran afecte per tu, fill.

—Sempre l'he servit fidelment i sap que la meva espasa és amb ell. Agraeixo qualsevulla paraula de la seva boca.

—Doncs més agrairàs el present que et porta.

Vaig mirar Maximià que somreia. Es va aixecar del tron, lentament, va baixar fins a mi i em va abraçar.

—Vaig sentir la mort de Minervina com si fos filla meva i sé que el més gran dolor va traspassar la teva ànima.

—El temps tot ho guareix. Fins i tot les pèrdues més grans.

—El temps tot ho guareix, però no perdona res. Dioclecià i jo hem decidit que ja ha arribat l'hora del relleu. Galeri ocuparà el tron de l'Orient i Constanci el de l'Occident. La cerimònia d'abdicació tindrà lloc d'aquí pocs dies, però abans he pres una darrera decisió. Vull que tu formis part de la meva família. Així que et casis amb Fausta et nomenaré fill adoptiu, com vaig fer amb el teu pare.

Vaig mirar el pare i ell va assentí amb el cap. Aquella decisió em posava en línia directa de successió. Un regal impensable.

—És un honor amb el qual no podia ni somiar i no sé si en sóc digne.

—Deixa la teva dignitat a les meves mans.

Fausta era formosa i exuberant. Caminava amb el cap dret, majestuosa i dominadora. Ens havíem conegut a Roma, anys enrere, però només d'esquitllada i confesso que no m'havia fixat amb detall en cadascuna de les parts d'aquell cos que respirava vitalitat pertot arreu.

La boda va tenir lloc una setmana després i vaig notar que Teodora i ella es miraven amb recel. Dues germanes que aspiraven al tron, perquè Fausta també era ambiciosa. Teodora l'assolirà d'immediat, vaig pensar, i el voldrà retenir per als seus fills, però Fausta lluitarà.

Aquella mateixa nit vaig descobrir que Maximià acabava de fer-me un present infinitament valuós. Fausta se'm va lliurar per enter. Coneixia perfectament quin era el seu paper i em va sorprendre quan, després de fer l'amor, va dirigir la conversa amb extrema habilitat cap a la política i l'univers de les línies successores. Maximià, en una sola persona, m'havia donat una esposa i una aliada.

No obstant això, no podia oblidar que aquesta ofrena no rebia l'aprovació de Maxenci, l'altre fill de l'emperador de l'Occident, per la qual cosa sempre havia d'estar alerta i qualsevulla paraula, qualsevol missatge, l'origen del qual fos el meu cunyat, era objecte d'un acurat estudi per tal de poder esbrinar allò que s'hi amagava al darrere.

—Maxenci et vol mal —em va dir Fausta un dia.

I tant que me'n volia! Somiava amb seure's al tron de l'Imperi. I el camí cap el poder és podrit i ple de traïcions, fins a l'extrem que a partir d'una certa alçària l'amistat desapareix i es converteix en un luxe massa car com perquè qui té aspiracions imperials pugui permetre's la disbauxa de mantenir-lo.

Galeri i Constanci van accedir a la porpra imperial i Dioclecià i Maximià es van retirar per gaudir d'un ben merescut descans sense que aparentment res no canviés. Només uns protagonistes silenciosos van sentir en pròpia carn un canvi fonamental. Mentre a l'Occident els cristians deixaven de ser perseguits, a l'Orient morien sota l'espasa del seu nou emperador. Un gir que alleugeria uns i oprimia els altres.

Sempre se m'ha fet difícil entendre l'odi visceral que Maximià sentia envers els cristians, als quals va sotmetre a una persecució constant que s'enfonsava en la crueltat fins esdevenir aberrant. Jo havia sentit parlar de les persecucions a Nicomèdia, tot i que Dioclecià va ser un emperador tolerant, dins dels límits que Galeri li permetia amb la nefasta influència que exercia sobre ell. I encara resta en la meva memòria el record d'alguna execució a la qual vaig assistir en una de les moltes sortides furtives a què era tan procliu allà a l'escola. Però la seva importància era minsa en comparació amb l'adquirida en la capital de l'Imperi, sota les ordres del meu sogre i nou pare adoptiu, on tot s'havia de fer amb grans demostracions: des de l'acte més heroic fins a la baixesa més podrida, sense oblidar les festes i les aclamacions.

A la Gàl·lia, a Britània o bé a Germània no sentia parlar de persecucions. Estava massa ocupat amb els bàrbars i, a més, el pare mostrava un tarannà ben diferent de Maximià.

Jo repudiava la violència gratuïta, i la raó de l'animadversió que sentia cap aquesta persecució era doble. D'una banda, l'home d'acció, de lluita contra un enemic armat, d'enfrontament en el camp de batalla, i no pas de persecucions envers unes persones que adoraven un déu ben curiós nascut a l'Orient, allà per les terres de Judea, no trobava cap mena de plaer en els cruels i sagnants espectacles que tenien lloc al Colosseu, on les possibilitats de guanyar els lleons o d'escapolir-se d'aquells ullals afilats com punyals no existien per a uns pobres desgraciats que només comptaven com a armes les oracions a un déu invisible que semblava no tenir orelles ni, encara menys, poder per deslliurar-los de la mort més horrible que hom pot imaginar. Els crits esgarrifosos aixecaven més crits, en aquest cas d'admiració i de plaer, i aplaudiments entre el públic que hi assistia i que apostava sobre qui triaria el lleó per començar o quan de temps trigaria a menjar-se'l. La juguesca s'havia instituït en l'esport nacional, en el divertiment per excel·lència, i arribaven a l'extrem de jugar-se els diners sobre la quantitat de crits que deixaria anar la víctima abans de morir.

Se'm remouen els budells quan penso que les discussions s'eternitzaven per tal de determinar si un balbuceig de darrer moment podia considerar-se crit, o no. Fins i tot arribaven a les mans oferint l'aspecte de la xusma que omple els mercats de les rodalies.

D'altra banda, el meu vessant de pensador catalogava els cristians de gent ben pobra d'esperit i mancada d'imaginació puix adoraven un déu que ni tan sols podien veure, representat per un tros de fusta. Com poden, amb un déu tan absurd, assolir tota la riquesa atresorada pel nostre imperi?, pensava en aquells dies, i em semblava estúpid, i seguia preguntant-me: per què hem de perseguir uns ximples que no es defensen, que no lluiten, que s'amaguen a la foscor de les coves i que no manifesten la seva condició, tot disfressant-la sota un llenguatge ple de signes secrets i mitges paraules que els permet de comunicar-se entre ells i confondre els neòfits?

—Quin mal fan a Roma? —recordo que es queixava el pare quan rebia l'ordre de castigar els cristians—. Si Maxenci vol acció, que se'n vagi cap a la frontera i els francs li proporcionaran tota la que vulgui, i més; si desitja olorar la sang, que s'apropi als boscos de Germània i gaudirà dels rostits de romà que el foc devora; i si Maximià cerca emocions, que se'n torni cap a la Lusitània.

Però els testos s'assemblen a les olles i pare i fill compartien el gust per la sang de l'innocent. Maximià repetia, una i altra vegada, amb freqüència malaltissa, que era gent perillosa, els cristians, llops amb pell de corder que menjaven carn humana en uns rituals de sang, enforatats a les catacumbes, malgrat que no s'enfrontaven als soldats quan eren detinguts. A més, hi havia un altre fet que el treia de polleguera: tot i saber que un cop descoberts moririen espelleringats pels lleons, seguien creixent en nombre, i encara gosaven exigir l'abolició de l'esclavitud per als seus seguidors, mentre manifestaven que el seu déu els concediria l'eternitat i que la vida en aquest món no era altra cosa sinó un pas cap a un altre lloc on el temps deixa d'existir.

—Una plaga pitjor que la pitjor de totes les malalties —la va definir Maximià el dia de la meva boda amb Fausta.

—És una infecció que pot corrompre els fonaments de l'Imperi, si no aconseguim tallar-la —va afegir Maxenci.

Quina família la de Maximià! Aital com ell, naturalment. Pobres matolls a l'ombra del gran arbre i amb el desig d'esdevenir roure. Com si la natura pogués obrar el miracle!

Em meravella contemplar amb quina habilitat s'ho havia manegat Dioclecià, veritable cervell de l'Imperi, per tal que Maximià seguís els seus consells i excloqués el seu fill Maxenci de la línia de successió quan va abdicar.

Dioclecià gaudia d'un bon poder de convicció, però Maxenci era l'amo i senyor d'un cap més dur que el granit i, lluny de retirar-se i d'acceptar la nova situació, es va fer nomenar august per la guàrdia pretoriana, que sempre ha jugat la carta que li ha semblat més favorable. Però, Maxenci, amb aquest gest de fer-se nomenar pels pretorians, va palesar amb absoluta nitidesa la curtedat de la seva intel·ligència. A qui se li pot ocórrer enfrontar-se a un emperador de la talla de Galeri, i imaginar que en sortirà victoriós?

Maxenci mai no havia lluitat en campanya i tota la seva experiència es reduïa a haver jugat de jove amb una espasa sense conèixer el significat del combat, on la vida i la mort pengen d'un fil i un sol moviment en fals pot bellugar la balança cap al cantó no desitjat. I jo no sé si era conscient que el camp de batalla no és el circ i l'enemic no lluita a l'arena sinó que puja a les grades, i els soldats no són els pobres cristians ni les armes oracions, sinó espases i destrals que obren les carns i arrenquen les vísceres.

5.- LA MORT DE TRES EMPERADORS

Vuitanta-un anys tenia el pare quan l'executor universal va arribar amb l'ordre de tancar per sempre més els ulls d'un emperador que només feia uns mesos que havia obtingut la porpra.

Em van explicar que la seva agonia havia estat dolça. Els metges van tenir cura del seu estat i l'esclau Plini va romandre als peus del llit fins al darrer instant, de la mateixa manera que desitjaria fer Teòfil amb mi quan m'arribi l'hora. Només els separen dues diferències: Plini tenia vint-i-dos anys i compartia el llit de l'emperador des d'en feia quatre, mentre que Teòfil mai no ha compartit el llit amb l'emperador i el seu cos arrossega tants anys com el meu.

La notícia de la gravetat del moment em va fer córrer al seu costat, però únicament vaig poder vessar llàgrimes. Va tancar els ulls abans que jo no arribés i la darrera paraula se la va guardar per a ell.

Amb aquell cos desapareixia tot un emperador, un gran cèsar, un magnífic general i un home com pocs n'hi ha hagut, mereixedor del meu amor, de tot el meu respecte i del càlid homenatge del meu dolor. El millor mestre que mai no he tingut. Lliurat per enter a la missió que la història li va confiar, no va defraudar ningú i la magnanimitat amb què sempre havia tractat tothom seria el record que romandria viu en el cor de tot l'Imperi. El seu coratge ja era llegenda entre els soldats i el seu nom esdevingué etern perquè tots els defectes que havia tingut moriren amb ell. Eren tantes les virtuts, que van ofegar i van fer desaparèixer qualsevulla màcula que se li pogués atribuir.

Després que les seves despulles trobessin el descans etern vaig concedir la llibertat a Plini, i sé que va trobar la seva darrera hora dos anys més tard. Era un ocell engabiat que no va saber emmotllar-se a la nova condició. Seguia el pare en campanya, tenia cura del seu cos i li donava plaer. A mi m'era indiferent. Jove i ben plantat, en certes ocasions comerciava amb concessions de l'emperador, a canvi de diners, i Constanci mai no em va voler escoltar.

—Són petiteses —em deia, i se'm treia del damunt amb un cop de mà que bé podia servir per espantar les mosques.

Era afectuós amb el pare, i jo també he descobert que Teòfil és l'avantsala de l'emperador per a certs assumptes de menor importància. Són, com deia el pare, petits detalls. Futilitats que no fan mal a ningú i que no van més enllà si ambdós sabem quin és el límit que mai no s'ha de traspassar.

L'exèrcit em va proclamar august davant mateix de York, quan encara era calent el cos de Constanci i les llàgrimes no s'havien eixugat dels meus ulls. Era tan gran la devoció que la figura del pare aixecava que els oficials més fidels no van trobar cap mena de dificultat en aconseguir que la milícia en ple pronunciés el meu nom amb tanta força perquè les seves veus se sentissin a Roma. Tanmateix, vaig decidir que era molt més encertat i prudent no cometre l'errada de Maxenci i conformar-me amb el títol de cèsar. Entre d'altres raons perquè podia seguir comandant les legions, que eren, en aquells delicats moments, la meva més ferma garantia de continuïtat com a ésser viu. Amb aquest gest d'humilitat, reflectit en la carta que vaig adreçar a Galeri, allunyava la còlera de l'emperador de l'Orient i la dirigia cap al gamarús que es creia l'amo de Roma: l'idiota de Maxenci.

De ben poc li va servir a Maxenci que el senat decidís nomenar-lo protector de Roma. Galeri va enviar Sever al front d'un exèrcit per tal de vèncer i reduir el fill de l'antic emperador.

Tanmateix, Sever no era gaire intel·ligent i poc es va adonar que els seus soldats obeïen més Maximià que al seu propi general. Després de patir una estúpida desfeta, producte d'una tàctica absurda, va haver de refugiar-se a Ravenna. Allà hauria pogut resistir fins a l'arribada de les legions de la Ilíria. Però, enlloc d'esperar l'ajut que Galeri li enviava, va creure les paraules de Maximià sobre un complot muntat al seu voltant i es va rendir tot confiant en la promesa que la seva vida li seria respectada.

I aquí es va produir la gran sorpresa. Maxenci, sense tenir en compte el poder de Galeri i menyspreant la paraula donada pel seu pare, va fer matar Sever. Era tan babau que no sabia que la decisió de trencar un compromís només es pot prendre quan saps que no hi haurà conseqüències perquè el teu poder és molt per damunt de qui la pot discutir.

—Parla amb Galeri. A tu t'escoltarà —em va demanar Maximià quan va veure l'error comès pel seu fill.

—Amb Sever viu, Galeri l'hagués escoltat, però ara... —va intervenir Fausta. I jo li ho vaig agrair.

Per a mi hauria estat un suïcidi escoltar Maximià. Fausta era intel·ligent i sabia que, amb la mort del pare, Teodora ja no era un destorb. Per contra, Maxenci s'havia interposat entre ella i el seu desig d'esdevenir emperadriu. Era l'esposa d'un home esdevingut fill d'un emperador, fill adoptiu d'un altre i cunyat d'un tercer, encara que fos un usurpador. I tenia prou clar que només calia que Galeri acceptés la situació.

—Tu no hi has de fer res, aquí —va cridar Maximià —. Això és cosa d'homes.

—Potser no hi ha de fer res, però té raó —vaig dir—. Amb la seva estupidesa, Maxenci m'ha lligat de peus i mans.

Maximià es va enfurismar i va sortir renegant.

—Ves amb compte —em va dir Fausta —. El pare sent debilitat pel meu germà.

Maximià va prendre per segon cop la porpra i va tornar a Roma amb el propòsit de recuperar el poder i negociar amb Galeri. Però Maxenci, estarrufat per la victòria sobre Sever, no li ho va permetre i el va expulsar de la capital.

Dues setmanes després Maximià es va refugiar a casa meva, després d'haver-se vist obligat a abdicar per segon cop a la seva vida.

I, a partir d'aquí, els fets es precipitaren: la diòcesi d'Àfrica es va revoltar contra l'usurpador, mentre la Hispània em feia costat després d'haver acollit Maximià.

Gairebé se'm fa impossible de creure que la ceguesa de Maxenci no pogués preveure que la Hispània es posaria de part de qui digués Maximià. Era tan curt el seu coneixement de l'art de la lluita que no podia ni intuir que les guerres no només es guanyen al camp de batalla, sinó que les aliances i els gestos de bona voluntat poden ser molt més decisius que les armes. L'Àfrica i la Hispània eren les províncies que fornien Roma del gra que alimentava els seus súbdits.

Pocs mesos després Maxenci va descobrir la grandària de l'error, però ja era massa tard perquè els magatzems de Roma eren buits. En un intent desesperat per recuperar part de les reserves, va iniciar una campanya a l'Àfrica que, malgrat guanyar-la, encara minvaria més les seves forces. Havia arribat el gran moment esperat i llargament somiat per mi.

Vaig parlar amb Galeri i el vaig convèncer perquè em deixés atacar. Llavors vaig preparar l'exèrcit i vaig estudiar amb molta cura el pla de batalla. Però en el precís instant que ja anava a sortir camí de Roma va arribar un missatger del nord. Els francs, aprofitant la delicada situació interna de l'Imperi, havien entrat de cop sobte trencant la frontera germànica i s'hi havien endinsat més d'allò que tenien per costum.

No hi havia cap altra opció i vaig marxar cap al Rin amb més de la meitat de les forces. Vaig enviar un missatge a Galeri informant-lo de les circumstàncies i deixant la decisió de prendre Roma a les seves mans.

Semblava com si tot s'hagués d'embolicar cada cop més. Desconec qui va ser qui va dur a Maximià la notícia de la meva suposada mort en un atac contra els francs, però aquell ambiciós s'ho va creure d'immediat i, sense assegurar-se'n, es proclamà emperador, ensems que s'apoderava del tresor d'Arles amb la intenció d'aplegar-se al seu fill i salvar-lo de la delicada situació.

Jo em trobava a prop del Rin quan va arribar el missatger enviat per l'Aureli Mappa, l'home de confiança que havia deixat a Arles. Les notícies que em portava eren veritablement descoratjadores i la decisió difícil. L'emperador de l'Orient no podia atacar Arles i Roma al mateix temps. Si, per contra, jo restava lluitant amb els germànics, perdria tota la Gàl·lia i si marxava desprotegia les fronteres.

Maximià gairebé no havia tingut temps d'assaborir la porpra reconquerida que em vaig plantar davant d'ell. Havia forçat la marxa de l'exèrcit fins a l'extrem de quasi extenuar-lo, però vaig arribar abans del previst. I mai no he pogut esbrinar, i tampoc no li ho vaig preguntar, si la seva sorpresa va ser veure'm viu o que fos capaç de creuar mig imperi en una cursa que deixava ben enrere la del soldat grec que va anunciar la victòria de Marató.

En veure's perdut, va fugir d'Arles i es va refugiar a Marsella, però els meus soldats no eren com els de Sever i la lleialtat cap al seu cèsar va poder més que els diners i, en arribar a les portes de Marsella, me'l van lliurar.

Maximià va ser detingut i confinat a la seva cambra. Aquella mateixa nit el vaig anar a visitar i li vaig oferir una copa de vi en senyal de reconciliació.

—Quan vaig veure l'exèrcit a les portes d'Arles, vaig creure que eren els francs disfressats de romans —em va mentir—. Saps perfectament que jo no hauria lluitat mai contra un fill meu, contra l'espòs de Fausta.

—Sé que et van enganyar amb la meva mort.

—Tornarem a lluitar plegats. Com abans.

—Per això he vingut. Per demanar-te que oblidem aquest estúpid episodi.

Va prendre la copa i secundà el brindis de pau que li proposava. Però quan el vi va arribar al seu estómac es va adonar que la mort l'havia atrapat. Va caure damunt la taula i els seus ulls van quedar buits. Llavors el vaig traslladar al llit i vaig deixar la copa als seus peus. L'endemà tothom va plorar la seva mort i el poble va acceptar que s'havia suïcidat.

Fausta em va mirar significativament, però no va preguntar res i jo res no li havia d'explicar. Mai no ho he considerat —ni puc considerar-ho— un assassinat. Ni tan sols un acte de justícia, sinó més aviat un gest de caritat envers un home que va perdre l'orientació i el rumb, va esguerrar tots els meus plans i em va furtar una ocasió sense preu. Maxenci no hauria pogut defensar la frontera del nord al mateix temps que lluitava a l'Àfrica. Un llastimós endarreriment que es va pagar al preu de moltes vides. Per aquesta raó no puc acceptar que la seva sang embruti la meva consciència, perquè tota la sang vessada per la seva culpa ha netejat les meves mans.

Galeri no va atacar Roma i Maxenci va acabar la campanya a l'Àfrica i va engrandir el seu exèrcit. Ja no era tan senzill arribar fins a ell.

Mesos després a Roma va esclatar una revolta per causa de la manca d'aliment. I, un cop més, els omnipresents pretorians van arranjar la situació. Tanmateix, els milers de ciutadans que van morir es convertiren en la caiguda de la popularitat de Maxenci, que ja feia temps que havia canviat envers els cristians abandonant tots els els ensenyaments d'un dels majors perseguidors d'aquesta religió: son pare, Maximià.

Galeri, davant la situació, va capitular i em va concedir el títol d'august. Ho va fer perquè poques més opcions li restaven, no pas per simpatia ni per devoció. Jo vaig esdevenir emperador per dret total i Maxenci va continuar sent l'usurpador.

El dia que va arribar la notícia, Fausta va somriure davant Teodora. Havia guanyat. Ja era l'emperadriu. I Teodora va veure com els seus somnis queien per sempre més i un bastard s'asseia a la cadira imperial.

Aquell estiu Fausta m'havia donat el primer fill i havia insistit i insistit perquè li poséssim Constantí de nom. Vaig accedir-hi, malgrat que sabia que darrere d'aquesta elecció hi havia molt més que el desig d'afalagar-me. Teodora, en morir el pare, havia seguit ocupant-se de l'educació d'en Crispí. Fausta, en diverses ocasions, m'havia demanat de fer-se'n càrrec, però jo no ho podia canviar. La seva germana i madrastra meva era l'esposa d'un emperador. Tanmateix, ara la situació era diferent. Ara Fausta esdevenia l'emperadriu, mentre que Teodora era ex-emperadriu.

—Minus és més culte i gaudeix de major autoritat — va dir Fausta, un dia que estàvem sopant tots tres.

—He decidit que Minus no serà el preceptor de Crispí —contestà Teodora.

—L'emperador és la màxima autoritat i és ell qui ha de decidir.

—Demà al matí marxo cap a Marsella —vaig tallar la discussió. Fausta sabia que Minus era del meu grat.

—Ordenaré Minus que es traslladi a Arles.

—He dit que demà marxo. Quan torni ja en parlarem.

Havia de preparar una expedició i esperava poder trobar alguna brillant idea per no haver d'intervenir en els disputes de les dones. No sé com us ho feu, però els homes sempre acabem perdent.

Dies després, un matí, un vaixell procedent d'Itàlia havia entrat al port de Marsella i els oficials inspeccionaven les galeres que es prepararen per marxar cap a Tarraco. Túlius, com sempre, romania pendent de tots els detalls i prenia nota de totes les entrades i sortides, registrant qualsevol petit incident en aquella extraordinària memòria que el feia insubstituïble. Tot d'un plegat em va venir a veure.

—He vist un prodigi! —va fer amb un crit—: He vist la teva mare. La de debò.

La poma que tenia a les mans va caure al terra i rodolà fins a l'aigua i vaig sortir darrere d'ell en una ràpida cursa cap a l'altra banda del moll.

Un vaixell havia descarregat unes vint persones, totes elles amb farcells a l'esquena. Túlius va assenyalar un petit grup de dones i em va dir:

—La tercera per l'esquerra.

—N'estàs segur?

—Sens dubte. Mai no jugaria amb una cosa així.

No em vaig atrevir a abordar-la i em vaig estimar molt més enviar dos soldats amb l'ordre de preguntar-li el nom. Helena, va respondre; Helena, em van transmetre els soldats; Helena, vaig xiuxiuejar; Helena, va assentir Túlius, tot confirmant allò que la seva memòria li havia confiat.

L'encontre ha quedat gravat per sempre més dins del meu cor, amb aquella abraçada que em relligava de nou al passat i em permetia omplir el buit que les decisions polítiques del pare van crear entre la infantesa i l'adolescència i que el temps no havia pogut tapar. Els seus ulls, plens de llàgrimes, conservaven la frescor i tota la força de la joventut, malgrat que el rostre mostrava en cadascuna de les arrugues que el solcaven la duresa dels anys viscuts lluny de mi.

Des que el pare la repudià havia viatjat gairebé per tot l'Imperi, i més enllà. Venia de Jerusalem i anava camí de Bretanya per predicar la paraula de Jesús, em va explicar. No sabia com retenir-la i aquella mateixa nit se'm va ocórrer que Crispí aconseguiria allò que els meus arguments no podien. La vaig convèncer perquè m'acompanyés fins a Arles i li vaig donar paraula de permetre-li prosseguir el seu viatge l'endemà, amb les cinc dones que l'acompanyaven, però que van marxar soles perquè va caure presonera dels encants del meu fill. No podia ser de cap altra manera. Crispí no es va fer gens estrany. Ans al contrari, pocs minuts després de fer la coneixença ja l'abraçava i li feia mil i una preguntes.

—Necessita una àvia perquè de mare gairebé no n'ha tingut —li vaig implorar, més que no pas dir, i el seu cor la va trair.

Bé. Suposo que també hi va comptar el fet que Teodora fos pel mig. Ja ho crec que sí!

Des d'aleshores li vaig donar tota la llibertat perquè formés el fill que més he estimat. I quan Fausta va veure la jugada, va callar, malgrat que aquí va nàixer una rivalitat entre dones que es perllongaria per sempre més, sense comentaris, sense manifestacions massa obertes i clares.

Teodora també va callar. Va comprendre de seguit que havia perdut, va deixar de lluitar i va decidir anar-se'n cap al nord, a casa de la seva filla Constància. Però, abans de marxar, va abraçar Fausta, va somriure i, simplement, li va dir:

—Germana, ja tens una mare.

*** ***

Pobre Galeri! El seu cos augmentava a mesura que les nafres i les pústules feien desaparèixer la pell. Gras com estava, en les setmanes que van precedir el seu darrer alè, ningú no era capaç de posar un dit en un lloc del seu cos que estigués lliure del mal que l'havia desfigurat fins convertir-lo en una massa informe. Però encara va tenir el seny de prendre una decisió encertada abans de morir. Ja feia temps que havia nomenat Maximí com el seu successor. Un home com ell: dur i sanguinari. Tanmateix, en el darrer instant va afegir Licini a la successió dividint l'imperi de l'Orient en dos.

Diuen que va prendre aquesta decisió perquè algú li va insinuar que els seus mals eren producte de la venjança del déu cristià i va voler fer les paus abans d'abandonar aquest món. L'explicació poc em preocupa. El resultat final és que la sort que sempre ha estat la meva aliada em concedia un cop més la seva gràcia i accedia a la porpra de la mà de tres emperadors: Constanci, Maximià i Galeri. Tots tres morts en poc temps.

La mort de Galeri va ser horrorosa, plena de sofriments, fruit dels excessos amb què va coronar els últims anys de la seva vida. Això em fa pensar que ja fa quinze dies que he deixat el vi i que el menjar no cobreix completament la meva taula. Teòfil atribueix la debilitat del meu cos a la manca d'aliments, però jo sento que he retrobat part de l'equilibri que en d'altres temps va ser una constant i que ara és únicament un record llunyà. Malauradament m'és impossible recuperar el terreny perdut i només puc viure del pòsit que resta a la meva memòria. Les tendres i acollidores carns de les esclaves serveixen per donar un xic d'escalfor al meu llit, però per més que ho intento ja no puc assolir l'èxit.

Maleït sigui tot! La natura es va oblidar d'apagar el foc del desig ensems que se'n duu les forces del cos.

Ara m'adono que quan estiro el fil dels records, tots volen sortir alhora, trepitjant-se els uns als altres. I tots són importants. Qualsevol detall forma part del meu existir i tots ells conformen el quadre que he pintat. De cap d'ells no puc prescindir-ne sense alterar el resultat final. Procuro seguir una línia i em descobreixo esmaperdut, enmig de fets que creia oblidats. I és que la memòria sembla gaudir d'una elasticitat que ja voldrien per a ells el gat o la serp; s'estira i adopta qualsevulla forma; és com el foc que fimbreja i dansa davant meu i mai és igual.

Galeri va fer una bona tria amb el Licini. La millor que podia haver fet en aquells moments. Era jove, fort i despert, amb una voluntat ferma i una intel·ligència que li permetien prendre decisions gairebé sempre encertades. Em vaig reunir amb ell en diverses ocasions per tal de discutir les nostres possibilitats. Ambdós teníem prou clar que havíem d'anar plegats si volíem seguir vius. L'Imperi estava dividit en quatre. En l'Occident, Maxenci i Constantí. Un equilibri inestable que hauria de triar entre l'un o l'altre. I a l'Orient, Maximí i Licini. Una situació ben similar que, possiblement, també acabaria amb una tria. I prou sabíem que els nostres respectius enemics ja havien iniciat contactes i converses.

L'únic problema era que Licini podia aportar-me les seves idees, però no soldats. No en tenia prou per poder defensar el seu tron i engegar una campanya. I jo havia de menester soldats, mans i braços per enfrontar-me amb un exèrcit més nombrós que no pas el meu. Però, on els podia trobar?

6.- LA ROMA DELS CRISTIANS

No recordo quant de temps vaig dedicar a cercar una solució per al greu problema de la manca de soldats. Potser dies, tal vegada setmanes. Però sí que recordo que tots els meus raonaments —els comencés per on els comencés— em conduïen, indefectiblement, al mateix punt.

Quants n'hi ha, de cristians a Roma?, em vaig preguntar. Cent mil...? Més...? Però no havia de menester cap càlcul important. La capital de l'imperi d'Occident era plena de cristians. I tampoc m'havia d'esprémer gaire el cervell per descobrir la força que podia amagar-se darrere un exèrcit d'aquestes dimensions, malgrat que semblés que no lluitaven.

Si ells m'ajuden, Roma serà meva. Però, com els convenceré?, em demanava.

Un matí vaig tenir una inspiració. Jo disposo del millor ambaixador, vaig pensar: la mare. Cristiana des de jove, gaudia d'una important ascendència entre els alts càrrecs d'aquesta religió i va ser un encert de primera magnitud confiar-li l'educació del meu primogènit. Li havia concedit total llibertat en aquest afer i havia acceptat la seva recomanació que el cristià Lactanci fos el preceptor de Crispí, tot i que sempre vaig tenir molta cura de deixar ben clar que el motiu d'aquesta decisió era l'eloqüència, i la saviesa d'aquell mestre, però mai la seva religió, detall que s'erigí en una mostra més de la meva equanimitat i que m'havia enfrontat verbalment amb Galeri en diverses ocasions.

De manera que la mare es convertí en la carta de presentació davant dels cristians.

Abans de conèixer Osi, ja portava temps demanant-me per què els cristians no lluitaven per la seva llibertat, per què no prenien les armes, tal com havia fet molts anys enrere l'esclau Espartac? I, per fi, ho vaig clissar. I és clar, que ho vaig clissar! La resposta era evident, malgrat que les més grans veritats són tan clares que no les veiem mai. I això que les tenim davant del nas.

Els cristians no lluitaven perquè encara no eren conscients del seu poder. Mentre l'Imperi es debatia en lluites internes, ells gaudien d'una força que desconeixien.

Havien sobreviscut a les persecucions, a totes les humiliacions, a l'extermini i a la crueltat d'emperadors folls i sanguinaris. Una colla de sonats com Calígula o Neró o Maximià o Galeri els havien obligat a crear un exèrcit a l'ombra, sense adonar-se que les seves crueltats esdevenien la força dels seus enemics.

—Què uneix l'exèrcit al camp de batalla? —recordo que m'havia preguntat un dia el pare, en aquelles xerrades al costat del foc que ell aprofitava per llegar-me els seus coneixements.

—Un sentiment comú, el perill imminent, un cap que els dirigeix i una lleialtat —li havia respost, repetint les paraules que en d'altres ocasions havien brollat dels seus llavis.

I jo, en les converses amb Osi, finalment, em vaig demanar: què uneix els cristians? No hi havia un sentiment comú —l'amor—, el perill imminent —una nova persecució —, un cap que els dirigia —el seu pontífex Silvestre— i una lleialtat cap a la seva religió? Doncs, eren les mateixes condicions i bé podia dir que era un exèrcit, però que no sabia que ho era. I eren alguna cosa més: una garantia de victòria. Era el gegant dormit que desconeix la seva força i el seu poder i es comporta com un anyell. Però, jo havia descobert el secret de la força imparable del seu silenci i la ferocitat del seu esclavatge.

Quantes vegades no hauré contemplat la ferocitat de la mar embravida, a les costes de Britània? I, quan la tempesta callava, recollia un xic de l'aigua de la platja i em preguntava: és aquesta mansuetud la que enfonsa vaixells, la que arrossega troncs i els llança contra les pedres amb la força de mil homes? Si volia desvetllar els cristians, em calia prendre la forma d'Èol i aliar-me amb el gran Neptú. Eren una mar d'aigües tranquil·les que esperava l'arribava del vent, i ara els convertiria en immenses onades que arrasarien les costes.

Osi de Còrdova era tot un personatge. Somreia tot el temps i una de cada tres paraules la dirigia al seu déu, al déu dels cristians. Escoltava més que no pas parlava. Em mirava als ulls i adoptava un posat tan humil que m'obligava a explicar-li les coses amb detall exquisit per tal d'assegurar-me que ell ho comprenia. Davant seu tenia la sensació que contínuament em demanava un nou aclariment.

Va començar parlant d'amor, de bondat, de bellesa, de la promesa futura d'una altra vida lluny de l'opressió, de les persecucions i del sofriment. Paraules que em van desconcertar perquè sortien de l'habitual. Fins i tot, va arribar un punt que ja no sabia si demanava, no demanava, explicava o què feia? I bé puc dir que, sense entendre com, li vaig concedir allò que no havia demanat, però que era, justament, el que ell perseguia.

D'ell en vaig aprendre un niu.

—Els ciutadans sou lliures d'anar i de venir, de pensar i de sentir. Nosaltres, pobres cristians, no podem prendre decisions i no podem lluitar.

—I si fóssiu lliures? —vaig preguntar.

—Què és la llibertat? Vosaltres adoreu els vostres déus en públic. Tu has proclamat en els teus territoris el culte a Mitra i a ell l'has escollit com a únic déu. Nosaltres hem d'adorar a Déu enforatats, amagats de tothom, a les fosques.

—I si la religió cristiana gaudís dels mateixos drets que qualsevulla altra?

—Hem estat perseguits i molts dels nostres han mort. De vegades se'ns ha permès sortir a la llum, però sempre amb l'amenaça de tornar a la foscor.

—I si les persecucions acabessin per sempre més?

—I com podrien acabar? Cada cop que algun emperador ens ha tolerat hem cregut que ja podíem respirar, però un altre emperador ens ha ofegat.

Malparit! No responia a les meves preguntes, sinó que en feia d'altres. Em desesperava.

—I si tot això us ho donés escrit?

Va somriure i s'acomiadà. L'endemà va tornar i va seguir preguntant. I jo vaig fer totes les promeses que ell no havia pronunciat. Finalment, va dir que marxava cap a Roma per parlar amb els seus i que esperaria fins a rebre les meves decisions finals. Jo vaig pensar que havia guanyat. Però, era així?

Llibertat per als cristians, havia insinuat, més que no pas demanat; els mateixos drets que per a qualsevulla altra religió, havia afegit amb timidesa; reconeixement públic, havia coronat les seves peticions; prou persecucions, havia conclòs. Totes raonables, vaig pensar. No havia demanat diners ni per a ell ni per als seus; tan sols la llibertat de viure, creure i pensar. Únicament això, vaig somriure en aquells dies, i ara m'adono que ho demanava tot. Perquè, què hi ha per damunt de la llibertat? Era astut com una guineu, aquell malparit! I em va guanyar per la mà. Ja ho crec que em va guanyar! Ho va fer tan bé que, fins i tot, vaig pensar que jo era el guanyador perquè la decisió final era meva.

En ús de les prerrogatives de la diplomàcia vaig deixar transcórrer unes setmanes més i després vaig dir sí: simplement sí a tot, sense cap reserva. I Helena així li ho va transmetre: sí, sense reserves.

Ja preparava l'exèrcit quan Osi em va tornar a visitar.

—Què vols ara? —li vaig preguntar.

—He vingut a dir-te que només queda un detall i el pacte serà ferm.

—Quin detall?

—Que Melquíades rebi el senyal de Déu.

—El què?

—Tots els cristians de Roma dirigeixen les seves pregàries a Déu per tal que ens indiqui quin és el camí i quan Melquíades rebi la resposta estarem a punt.

—Quina prova voleu? Jo defenso la llibertat i Maxenci us matarà després d'obtenir la victòria que li permeti compartir l'Imperi amb Maximí, cruel i despietat perseguidor de cristians innocents.

—Melquíades no busca proves, sinó un senyal de Déu.

—Suposo que Melquíades és conscient de la història de Sofrònia, la cristiana que es va suïcidar abans de perdre la seva castedat a mans de Maxenci?

—Sí. Coneix la història.

—I què va fer Maxenci durant la revolta a Roma? Els pretorians no van fer distincions entre cristians i no cristians. No són senyals?

—Sí, però ell ha decidit esperar. I ell és el cap que Déu va beneir.

Em vaig quedar bocabadat. Cap raonament servia. Melquíades, el cap dels cristians d'aquell temps, encara no estava convençut i recelava de la paraula de Constantí. Potser massa vegades els cristians havien cregut en la paraula dels nobles romans i, massa vegades, havien rebut la traïció com a moneda de bescanvi i havien esdevingut l'ase dels cops.

Bé. Havia d'esperar.

Una setmana després vaig rebre un nou missatge d'Osi. No hi havia res a fer. El seu déu no parlava.

Llavors vaig anar a trobar Licini i li vaig demanar que parlés amb ells i que recolzés les meves promeses.

—T'has begut l'enteniment —em va contestar—. Estàs a punt de convertir aquesta guerra en un afer religiós.

—I quina altra opció tinc?

—És un error. Els romans mai no hem lluitat per afers religiosos.

—No veus que és una excusa?

—És perillós i no t'ajudaré. No puc ajudar-te.

Quant, temps després vaig conèixer personalment Melquíades, vaig arribar a la conclusió que aquell vell d'innocent mirada i suaus formes, pròpies dels cristians, amagava sota la capa d'humilitat una bona dosi d'orgull. Els extrem es toquen i jo he après a fugir de les virtuts massa notòries puix que l'excés de submissió pot ser la cortina que no ens deixa veure una traïció, la gran prodigalitat pot ser la boira que envolta la recerca d'un favor de més alt valor, l'amor desmesurat pot encobrir un odi aferrissat i la humilitat que esdevé humiliació no és de bon conformar. No, no és de bon conformar i la prova més evident l'havia obtinguda de Zama, l'esclau més sumís que havia cregut tenir. Ell, entre fingits gestos de devoció i humilitat, sempre pendent del més trivial del meus desitjos, va aixecar el punyal contra Constantí per ordre de Maxenci.

No són bones les virtuts massa evidents, i jo no em refiava de Melquíades, a qui feia un fanàtic, perquè els fanàtics són éssers perillosos que han esdevingut màquines esgarrades que només saben repetir, una i altra vegada, un treball inútil.

Sí, per contra, em feia el pes Osi perquè sabia negociar —ja ho havia demostrat— i emprava la raó sense demanar massa proves celestials puix que els fets i la història li fornien de tots els arguments per creure en la paraula de Constantí, mai trencada fins aleshores. Però Melquíades, embarcat en els seus somnis espirituals, només volia escoltar la paraula del seu déu, i poc va tenir en compte les raons d'Osi ni els consells de Silvestre ni les súpliques de la mare. Déu li ho havia de confirmar amb una prova, un senyal, tal vegada amb un miracle dels molts que viuen dins la imaginació d'uns homes que més semblen crèduls infants.

I ara què?, em vaig demanar, completament perdut, incapaç d'entendre aquell home. I mentre anava atrafegat, a corre-cuita, tot capficat amb la distribució de l'exèrcit, l'estudi del camp de batalla i la confecció de la tàctica, discutint amb els generals, mesurant les forces del rival i intentant posar-me a la pell de l'enemic i raonar com ell ho faria, el pensador ja sabia que la tàctica no havia de basar-se en la força militar, que hi havia un altre element més important i que la derrota de Maxenci es trobava dins de Roma, i no pas enfora. Però el temps avançava i la resposta no arribava.

—Doncs, lluitaré sol! —vaig cridar un dia, ple de ràbia. I vaig estavellar el puny damunt la taula fent caure el got de vi que va embrutar tots els mapes i va obligar els meus generals a aixecar-se—. Lluitaré sol, un cop més.

I vaig ordenar l'exèrcit travessar els Alps amb tanta celeritat que l'enemic no es va assabentar fins que no vaig ser al Piamont.

A aquest lleuger avantatge vaig sumar-n'hi un altre de més important: la derrota de la cavalleria de Torí, que m'obria les portes de Brescia i Verona. Les nombroses campanyes al nord, contra els francs, m'havien fet descobrir la saviesa amagada en la màxima de Juli Cèsar:

divideix i venceràs. Aquestes dues paraules, aplegades a la velocitat, em van permetre anar eliminant tots els destorballs que em sortien al pas.

Licini m'havia dit que encara no havia arribat el moment de lluitar perquè les forces de l'enemic eren, aparentment, molt superiors. Però jo comptava amb el fet que Maxenci pensaria el mateix, i poc podia esperar que l'ataqués. I vaig entrar de pressa, trencant els seus exèrcits i aplicant la mateixa tàctica que va fer famós Marc Aureli.

Verona va significar la mort d'un general que, malgrat trobar-se a l'altre costat del camp de batalla, gaudia de tot el meu respecte. El valerós Pompeià va ser un digne rival del vencedor, i tant més gran és l'enemic que més s'enlaira la gesta del guanyador. El vaig admirar. Havia plantejat bé la batalla i gairebé em va guanyar. Allà vaig perdre un bon grapat d'homes perquè la victòria va arribar només de la mà de la superioritat de les meves forces, i vaig lamentar que no volgués rendir-se. Havia complert amb el seu deure de soldat i vaig ordenar els meus homes que li concedissin tots els honors d'un gran general i que ningú no toqués res d'aquella plaça. També vaig perdonar la vida de tots els seus estadants i soldats. I molts d'ells es van passar a les meves files.

—No hi ha gaires secrets per arribar a lluir el llorer damunt el teu cap —em deia Constanci, a Arles—. Només cal trobar bons aliats. Has de basar-te, indubtablement, en la intel·ligència i el valor propis, però més val no menysprear els defectes de l'adversari, que, conforme creixen, més possibilitats de victòria t'atorguen.

Si sóc on sóc ho dec, en bona part, als mestres amb els quals vaig poder comptar. A Britània i a Germània, Constanci s'asseia amb els soldats al voltant del foc i parlava amb ells com un company, mentre nosaltres el miràvem embadalits i escoltàvem les seves paraules, els seus relats i records. Es feia estimar per la senzillesa del seu cor. Dur en el camp de batalla, noble amb l'enemic abatut, amable en la pau i comprensiu amb els servidors, sempre tenia una paraula d'alè per al soldat més humil.

Maxenci, per contra, no va gaudir d'un progenitor com el meu ni d'una educació en la severitat i l'austeritat que el mantingués despert. En una altra mostra de manca de seny i preparació s'havia lliurat als plaers, tot pensant que la sort, que per dues vegades l'havia acompanyat i havia impedit Galeri descarregar tot el pes de la seva ira, li tornaria a fer costat. Poc se li va ocórrer pensar que la sort te l'has de llaurar perquè la deessa fortuna també és capriciosa i pot girar-te l'esquena quan més l'has de menester. Però, després de contemplar com totes les places d'Itàlia queien al meu pas, es va veure abocat, finalment, a acceptar la realitat i els seus generals van aconseguir que se'ls escoltés i van obtenir permís per posar a punt una tàctica que bé mereix els meus elogis de general.

Licini m'havia enviat dues de les seves legions. No estava d'acord amb els meus plantejaments, però sabia que la derrota de Constantí seria el preludi de la seva. Tanmateix, també ho he de dir, ho va fer quan Torí, Brescia i Verona ja havien caigut i els platerets de la balança del destí començaven a equilibrar-se. Sigui com sigui, li ho vaig agrair perquè jo també era conscient del sacrifici que per a ell representava i de la delicada posició amb la qual s'enfrontava.

Cent seixanta mil soldats, divuit mil cavallers i quaranta mil homes més, procedents de l'Àfrica, comptava Maxenci quan es va iniciar aquella guerra. Quaranta mil vaig endur-me'n amb mi, i quaranta mil vaig deixar a la frontera del Rin perquè no podia oblidar els francs i els germànics. Notable diferència que atorgava un important avantatge a l'enemic. I després de cinc batalles encara els en quedaven cent mil. I jo havia d'arribar a Roma.

La victòria m'acompanyava, però ni el perdó atorgat a Suze i a Torí ni la prohibició de saqueig, en contra d'allò que sempre ha estat habitual després d'una batalla, van commoure el cor dels cristians, que continuaven esperant l'ordre del seu pontífex i, aquest, esperava l'ordre del seu déu.

Bona cura havia tingut jo perquè la notícia de la meva magnanimitat viatgés per tota Itàlia, però res no podia fer que Melquíades canviés d'idea. El seu déu, mut i impertèrrit, li havia de parlar.

—Què més vol aquest home? Quina prova més evident de la meva bona voluntat, que el compliment de totes les promeses? —vaig cridar. I hi vaig afegir—: Totes, sense cap mena d'excepció.

Fins aquell moment tot havia anat segons el previst. Les meves tropes gaudien de l'entrenament i de l'experiència de cent combats, de mil ferides infringides per tots els enemics vençuts, mentre que les forces de Maxenci

110

no tenien el coneixement que només s'extrau del sofriment, de la mort del company que tenim al costat i del dolor que brolla de la carn oberta pel fil de l'espasa. Però a Roma ens esperava la guàrdia pretoriana, que eren soldats de valent: homes experts i veterans, escollits entre el bo i millor de les legions, pous d'experiència en el manejament de les armes i en l'art de la guerra. No es deixarien vèncer amb facilitat. Si no volia arriscar-me a perdre en el darrer moment tot allò que havia conquerit, i si no volia que la sang omplís les nostres files, havia de menester l'ajut de Melquíades. Però, què hi podia fer?

*** ***

Gabini, davant les portes de Roma, contemplava el camp de batalla des de la tenda que havíem aixecat. Jo vaig mirar el meu general i li vaig preguntar:

—Què me'n dius d'aquell pont?

L'enemic havia construït una passarel·la amb barques, al costat del pont Milvi. Gabini va apartar els ulls del pont i em va mirar.

—És perillós. La passarel·la els permetrà desplegar l'exèrcit ràpidament i sorprendre el nostre. Amb això dominarà les dues ribes i mantindrà segura la reraguarda mentre espera les legions de Maximí. I si, per un atzar, derrotem la primera força, poden enfonsar les barques i obligar-nos a atacar a través d'un pas estret que esdevindrà la nostra mort. I si intentem travessar el Tíber amb

111

barques serem un blanc prou fàcil per als seus arquers. No és pas cap babau qui ha imaginat aquesta tàctica.

—No. No ho és. I si les legions de Maximí arriben abans que no haguem entrat a Roma... No vull ni pensar-hi. Se t'acut alguna idea?

—La passarel·la —va dir—. Hem d'atacar la passarel·la pel darrere.

—Sí, però com hi arribem?

Osi m'havia dit que de vegades, potser massa sovint, el seu déu no parla gaire clar o, tal vegada, són els homes que no saben escoltar. Vaig agrair-li l'explicació —excusa, més aviat— de per què Melquíades trigava tant a respondre. I, llavors, em vaig preguntar: com puc obligar el seu déu a parlar, si els déus no tenen boca i mai no pronuncien paraules? I vaig recórrer el campament durant hores i hores, a les fosques, parlant amb tot aquell que trobava al meu pas, interessant-me pels soldats, tal com havia après a fer de Constanci, i cercant la resposta a aquella pregunta. Ja feia temps que havia descobert que aquests actes no solament són bons per aixecar la moral de la tropa sinó que m'ajuden a reflexionar perquè em retornen als temps d'escola, a les llargues caminades amb els mestres que aprofitaven qualsevulla cosa —una flor, un arbre, una pedra, un animal, el vent, l'aigua, el sol, un núvol...— per fer-me el llegat de les seves explicacions. A ells els dec la facultat de l'observació i el do de la inspiració, que no és altra cosa que el resultat d'un esforç continuat. La revelació divina, que arriba del cel, no existeix: és falsa.

Prou que ho sé, que la il·luminació es deriva del desig intens que aplega tots els coneixements guardats a la memòria i els ordena de mil i una formes fins que el quadre adquireix els colors i la representació encertada. Llavors, la llum esclata i il·lumina el pensament, tot dirigint-lo cap a la transparència de la realitat.

Vaig fer una llarga caminada a la recerca d'una resposta, en un repàs de tots els detalls que havia copsat en les converses amb Osi. Elles m'havien de portar la solució a l'enigma —n'estava ben cert—. Melquíades havia de tenir un punt feble que em permetés atacar i vèncer. Paraules pausades, clares i netes; desitjos, reflexions i pensaments acompanyats del sentiment d'estima cap als seus; i, perdut entre tot aquell batibull, un detall, tan sols un detall havia de trobar. De ben segur que existia! Tal vegada amagat darrere alguna mirada, potser sota un gest, o bé cavalcant damunt una paraula, o esmunyint-se entre les moltes reflexions,... Havia d'existir! I jo l'havia de trobar abans que el sol no trenqués la màgia de la foscor, el silenci de la nit i la pau del campament.

Tota una nit esprement-me el cap i per fi, de matinada, amb l'arribada de les primeres llums de l'albada, la inspiració es va fer present, il·luminant el meu cervell i traient-lo de la foscor de la cova, lluny del laberint de la recerca.

El déu dels cristians no parla, sinó que envia senyals. I és clar! Aquí es trobava la resposta a la pregunta.

113

Tota la religió cristiana es basa en imatges, en senyals i en miracles, i pel damunt de tot, la fe: un senyal que rep l'escollit i que diu a tothom que a ell l'han de seguir perquè el seu déu així ho ha manat. Per què no podia ser jo l'escollit? I quin millor senyal que el dels cristians?, vaig cridar entusiasmat. I, de cap i nou, vaig repassar totes les converses amb Osi i em vaig adonar que hi havia una constant: els plantejaments infantils i les explicacions màgiques del naixement de la seva religió. Els cristians creuen qualsevulla cosa que puguin convertir en prodigi. Mai no he vist gent tan abocada als miracles. O, millor dit, a la creació artificial de miracles inexistents.

Per què no? Sens dubte la creu m'atorgaria la victòria.

El sol sorgia per l'est quan vaig donar l'ordre. Gabini no ho podia creure. Per primer cop en tota la història de Roma una guerra esdevenia religiosa, tal com havia pronosticat Licini.

—Per què restar presoners d'una promesa? —em va preguntar. I va afegir—: Si nosaltres vencem sense l'ajut de ningú, a ningú no haurem de pagar cap favor.

—Cert, però ja n'hi ha prou de vessar la sang dels nostres soldats —li vaig contestar—. A partir d'ara la sang serà dels cristians. Sang a canvi de llibertat. Comprens?

—No.

—Aquesta nit he tingut una visió —vaig mentir—. Se m'ha aparegut Apol·lo i duia a les mans dues corones.

114

Me les ha ofert i m'ha dit que seré emperador durant trenta anys. Dintre d'una de les corones hi havia una creu.

I els estendards lluïren la creu i la creu va ser la llum que va alertar els cristians de Roma i Melquíades, secundat per Silvestre, va veure en allò el senyal diví, va ordenar als seus seguidors que destruïssin el pont de barques quan l'exèrcit era al damunt i el Tíber es va engolir Maxenci, desapareixent amb ell tot el poder que havia governat la capital fins aleshores. Milers de cristians enfurismats, folls de ràbia divina, armats amb garrots, destrals i llances improvisades van atacar els soldats de Maxenci per la rereguarda i les barques es van enfonsar. Trencat l'exèrcit de Maxenci, només restava la segona part de la divisa de Juli Cèsar perquè la divisió ja era feta i només calia vèncer, la qual cosa vaig fer amb tota celeritat.

En el precís instant d'esfondrar-se el pont, els meus soldats es van quedar quiets i bocabadats davant la fúria dels cristians. Ningú no podia creure que aquells homes fossin capaços de lluitar amb tanta força i violència.

—Ataqueu, ataqueu, ataqueu...! —vaig cridar—. No en deixeu ni un de viu!

I els cels s'enfosquiren amb la pluja de fletxes, mentre l'aigua s'enterbolia amb la vermellor de la sang.

Els meus homes van recollir les despulles de l'orgull del tirà per tal de proclamar-me emperador mentre naixia la llegenda més increïble que mai ha donat la història. *In hoc signo vinces*: amb aquest signe venceràs. I els cristians, tan proclius a creure en els miracles, van fer créixer el poder del gran benefactor fins a l'extrem de convertir-me en l'enviat del seu déu, mentre Roma s'agenollava als meus peus.

Quan, entrada la tarda, els soldats em van dur el cos de Maxenci, el vaig contemplar i un somriure allargà els meus llavis. Ell havia estat derrotat per una senzilla creu pintada en un estendard. El seu cos, cobert pel fang, no presentava cap ferida. No va vessar ni una gota de sang. Mai no la va tenir ni per lluitar ni per estimar. Va ser una mort vergonyosa, lluny de la mort de qualsevol dels seus generals que van vendre la seva sang a preu de sang, com correspon a la dignitat d'un soldat.

Aquell dia els cristians no tan sols havien creat una llegenda sinó que m'havien ajudat a canviar el curs de la història.

Cada cop ho veig més clar. És la pròpia i normal evolució dels fets, envoltats per les circumstàncies, que pren les decisions i marca el rumb, i no pas el caprici d'éssers descarnats. No puc creure en cap dels miracles que els cristians s'atribueixen a ells, als seus caps, al seu déu o bé al seu fundador. Tampoc puc creure en cap déu. He viscut en pròpia carn el més gran dels prodigis dels darrers anys i la meva fe no pot acceptar allò que jo vaig convertir en inspiració divina. No va ser el seu déu que m'envià el senyal sinó la meva ambició; no va ser una inspiració divina sinó el resultat d'una recerca meticulosa entre els nombrosos apunts que vivien dins del meu cap; no va ser Constantí qui va guanyar la batalla sinó els cristians; no hi va haver cap prodigi, malgrat que ells, els cristians, així ho han proclamat.

Roma em va acollir de nou com a vencedor i, en aquella ocasió, afegia el títol d'emperador de tot l'Occident a la persona de Constantí. Un camp ple de cadàvers de pretorians em va servir de catifa en l'entrada triomfal, diferent per complet de la catifa de pètals que s'havia estès als peus de la quadriga amb la qual havia recorregut la via Flamínia per primer cop, molts anys enrere.

Els veterans soldats de la guàrdia pretoriana havien lluitat amb valentia —ho he de reconèixer— però aquesta valentia era el resultat de la desesperació. No els quedava altre remei. Mai no haguessin rebut el meu perdó perquè l'ofensa a l'Imperi, amb el seu suport a un usurpador, la destrucció de totes les estàtues de qui ara arribava com a vencedor i la llarga història de favors aconseguits amb les seves decisions arbitràries pesaven massa damunt els platerets de la balança. I la decisió de dissoldre aquest cos de veterans, que s'havien prostituït, em sembla absolutament justa. De fet, poca cosa restava per dissoldre. Gairebé no en va quedar més enllà d'un centenar, dels quals vaig haver de restar els oficials que van ser ajusticiats...

La paraula de Constantí s'havia de respectar i un any després vaig convèncer Licini i ambdós vam proclamar conjuntament l'edicte de Milà que atorgava la mateixa llibertat per als cristians que per a qualsevulla altra religió. Els cristians van lloar el seu déu, tot donant gràcies pel reconeixement de la religió cristiana, i van veure en aquest gest la prova inequívoca del poder diví. El seu nombre es va multiplicar després de l'edicte que els convertia en lliures, car eren molts els qui volien pertànyer al seu grup i no gosaven perquè la mort els espantava. Ara ja no hi havia cap impediment i jo sabia que quants més en serien tant més gran esdevindria el meu poder.

Els emperadors som mercaders que comerciem, força sovint, amb objectes eteris: drets a canvi de seguretat. Un negoci que a mi em resultava força profitós.

Arribada la nit, quan el meu cos, exhaust, va caure damunt del llit, vaig recordar la gran descoberta que havia fet als Alps, anys enrere, durant el primer viatge a Roma, quan vaig veure que la trinitat d'en Constantí podia esdevenir invencible. Ara ja no en tenia cap dubte. La batalla del pont Milvi no va ser guanyada pel combatent, per l'home d'acció, sinó pel filòsof, el pensador, l'home allunyat de les guerres que s'estimava més esgrimir l'arma de la intel·ligència per tal de conquerir l'imperi de l'esperit. Va ser la meva inspiració que va vèncer en aquella batalla, peça decisiva per guanyar un tron més terrenal: Roma. En el meu historial figuraven els triomfs que havien convertit Constantí en llegenda, però aquell era el definitiu.

També feia temps que havia descobert que és més senzill adorar un sol déu que ho governa tot perquè la simplificació és important, sobretot quan ja havíem arribat a l'extrem de crear milers de déus, molts d'ells absurds, senyors de petites parcel·les de la vida quotidiana. I els cristians havien arribat a idèntica conclusió. Ells adoraven el seu déu i jo adorava Mitra: el déu dels exèrcits, el més gran, el més poderós i el més brillant. No hi havia massa diferències entre ells i jo.

Però els descobriments no paraven aquí puix que els cristians gaudien d'una altra circumstància que m'afavoria abastament. Sortits de Judea, s'havien escampat per tot l'Imperi, i jo havia de menester un element de cohesió per tal de mantenir-me. Quin millor element que la religió?, vaig sentir una nova inspiració, a cau d'orella, com fa el conseller diligent enmig d'una reunió. Els cristians sortien d'una persecució brutal iniciada per Dioclecià i seguida per Galeri, i mai no havien estat reconeguts per ningú. Tolerats a estones, sempre penjava damunt dels seus caps l'espasa de Damocles. Coixí perfecte per descarregar la ira dels emperadors i apaivagar al poble enfursmat, havien patit persecucions per qualsevol motiu. El caprici ridícul de Neró el van pagar ells i l'incendi de Roma va ser sufocat amb la sang dels cristians que van ser ajusticiats en les setmanes que seguiren a la follia. Semblava com si el fluid vital d'aquells pobres desgraciats gaudís de multitud d'aplicacions curatives per al poble de Roma, sanguinari per naturalesa i corromput fins a extrems increïbles.

Els cristians havien sobreviscut a totes aquelles barbaritats i els meus homes venien de lluitar amb els bàrbars, lluny de casa, enmig de la neu i el fred. Ben pensat, disposava de dos exèrcits, amb dos déus únics i les mateixes virtuts, perquè, de la mateixa manera que una llarga estada en campanya adoba el caràcter, ens fa estimar els plaers més petits i allunya els grans vicis, aquells pobres desgraciats havien rebut una educació basada en la duresa de les persecucions, mentre les virtuts de la temprança, la paciència i la justícia representaven la gran fita daurada, el somni que els mantenia en la confiança que el seu déu obraria el prodigi de concedir-los la pau.

Un estudi acurat revelava que entre els costums que havien arrelat en els cristians, es comptaven la sinceritat i un rebuig als delits carnals, tan cultivats per la societat romana i als quals es manifestaven tan proclius una bona colla dels darrers emperadors. Els cristians serien els perfectes jutges, els millors notaris, uns consellers valuosos i la garantia del poder de Roma i de la unió dels ciutadans de l'Imperi. El perill els havia obligat a organitzar-se i disposaven d'una jerarquia similar a la romana i d'arguments més que suficients per mantenir aplegats els seus seguidors i fornir-los d'una explicació convincent de per què les coses són tal com són. I els seus seguidors, convençuts, feien gala d'una obediència i una devoció que ja hagués volgut trobar Juli Cèsar en els membres del senat que el van matar o en la formosa Cleopatra que va ensibornar el pobre Marc Antoni. Els cristians no discuteixen les ordres, les executen. Són la societat perfecta, vaig arribar a pensar davant la grandesa de la troballa.

Quina brillant i subtil intel·ligència, propera als coneixements esotèrics del gran Hermes, he de reconèixer en qui va convertir en religió allò que, possiblement, no era, de bon començament, altra cosa que el moviment revolucionari d'uns pobres i afamats camperols ofegats pel poder de la classe dominant. Fins i tot, resto bocabadat quan recordo haver llegit, per atzar, en la història de Tiberi, quan buscava relats de batalles que m abastessin de noves tàctiques, que en rebre un informe de Ponç Pilat sobre l'execució d'un home, a qui ell, el governador, considerava innocent, va prendre la decisió de convertir-lo en déu dels romans. Afortunadament Tiberi va morir poc després de prendre aquesta curiosa decisió, impròpia d'un ésser sanguinari, i Jesús de Natzaret, el fill d'un fuster, no va ocupar una plaça entre l'exèrcit de déus que contemplen l'Imperi.

Simplificació: divina paraula que m'ha permès d'entendre la ment infantil dels cristians i emprar-la en el meu servei i millor profit. Simplificació, penso, i me'n ric quan recordo que el principi damunt el qual es va edificar la religió cristiana va ser ben simple: posa a la fi del camí la promesa d'un tresor segur i tindràs lleialtat. No havia fet jo el mateix amb els meus soldats? No aplicava principis similars, fruit dels ensenyaments rebuts? El saqueig és la recompensa dels vencedors. Amb l'espasa a la mà es llencen damunt les muralles amb la visió de tendres donzelles que seran desflorades per qui primer arribi, taules plenes de menjar, botes que vessen vi, muntanyes d'or, argent i coure que poden endur-se amb ells,... Només que per als cristians la recompensa és futura, sempre futura, i es troba fora d'aquest món, al qual han vingut a treballar i a patir per tal de guanyar-se el premi final. Aquí radica la gran diferència: en el temps. Calia, doncs, concedir-los petites llibertats, fer grans actes públics, unes quantes declaracions i signar un parell d'edictes que els fossin favorables. I em seguirien fins a la mort.

Cels infinits! Si algú conegués tots aquests pensaments... Si algú pogués intuir les raons que em van conduir a prendre moltes de les decisions... M'esgarrifa pensar que tot és edificat damunt del fum i em meravella contemplar el delicat equilibri que tot ho manté: un immens edifici del qual no pots enretirar ni una peça sense que tot el conjunt caigui. I tot construït amb el suport de la fantasia i de la il·lusió. Aquest és l'únic prodigi que sóc capaç d'acceptar.

Abans de demanar a la mare que em presentés els cristians, prou que m'havia preocupat d'assabentar-me de qui eren, d'on venien, què volien i què era allò que calia esperar d'ells. Aquesta tasca la vaig delegar en Sòprates, que va tenir molta cura de buscar tota la informació que existia i la va recollir en un informe. Reduït, però ben atapeït d'antecedents, referències, indicis i fets valuosos que m'havien de ser de gran utilitat a l'hora de negociar. No recordo tot el seu contingut, però sí els trets més rellevants. Parlava de virtuts i de defectes, i entre les virtuts, contemplades sota el meu punt de vista, feia especial esment de la submissió, que definia com a total i absoluta. Recordo, també, que després de llegir-lo vaig fer a Sòprates una pregunta ben curiosa:

—Seran capaços de matar?

I ell, després de tancar els ulls, hàbit natural en l'home que vol que la seva resposta sigui precisa i ajustada a dret i realitat, va respondre:

—Si el seu déu els ho ordena, mataran fins i tot els propis fills amb la fredor del més sanguinari dels assassins.

El vaig mirar incrèdul, però ell, impertorbable, m'ho va demostrar amb la lectura de passatges de l'antiga història dels jueus, bressol d'on va sorgir el cristianisme, que parlaven de la història d'Abraham i d'Isaac.

Aquesta era la clau de tot: la submissió i l'esclavatge a un déu, en qui el càstig era la pràctica habitual i la misericòrdia només arribava quan les pregàries superaven amb escreix la culpa de l'ofensa. Jo no ho podia entendre perquè mai m'he sotmès a res ni a ningú, però era evident que ells no practicaven la violència perquè el seu déu els demanava amor, però si la consigna canviava ells la seguirien cegament, sense témer la mort. Indubtablement, no podia desitjar un exèrcit més ben preparat. I comandar aquesta força era senzill: únicament calia trobar el fulcre que em permetés recolzar la palanca que mouria el món. I el vaig trobar en la creu: en el símbol de totes les creences d'aquella gent. Una petita creu pintada que adquiria dimensions colossals quan la contemplaven els ulls dels cristians i que esdevenia immensa espasa de justícia al servei de l'emperador que havia sabut descobrir la seva vàlua.

La història gairebé mai és fidel a la realitat dels fets. Ella, amb lletra escrita, marca la grandesa de les batalles en funció del desig del guanyador. Els cristians estaven molt desitjosos que aquella batalla representés molt més que una simple victòria: volien la consagració definitiva de la seva religió. I jo els vaig atorgar el desig i ells, en prova de gratitud, van elevar la grandesa d'una batalla al nivell de participació divina, atorgant-me el dret a passar a la història amb els màxims honors. Per suposat que totes les batalles guanyades fins aquell moment havien estat més difícils que no pas aquella, però la història dicta les seves pròpies lleis. Sortosament, jo ja havia arribat a entendre aquesta gran evidència, i em vaig aprofitar de valent.

Acabava de nàixer la nova Roma, la Roma dels cristians.

7.- LA PAU

Els emperadors hauríem de morir abans que tots aquells amb qui ens entenem. O, encara millor, hauríem de gaudir del poder d'atorgar-los el permís per a morir, de la mateixa manera que atorguem permís per a moltes més accions que també són importants. Seria menys complicat. Costa tant trobar persones que mereixen la nostra confiança que la tasca esdevé feixuga i empipadora i es triga anys i panys en arribar a establir un vincle de confiança. I mai acabes d'estar-ne segur. Som els més esclaus de tots. Sempre hem d'anar alerta i mai no ens podem confiar.

Anys després, Silvestre va succeir Melquíades i va prendre el títol de pontífex de l'església cristiana. No vaig trobar cap inconvenient en deixar que ho fos públicament, malgrat que, conscient del seu poder, vaig estimar prou adient conservar per a mi el títol de Pontífex Màxim que em corresponia per dret d'emperador i no vaig abandonar el meu interès pel culte a Mitra.

Silvestre i jo ens vam arribar a conèixer de valent. Van ser una bona colla d'anys de tracte. Em sentia còmode amb ell, a gust, distès. I suposo que ell amb mi. El vaig considerar una gran persona. Un xic ignorant. Agradable i dialogant, però. I fidel i noble com un gos.

En Juli no m'agrada. El seu posat altiu i el pensament que la veritat és al seu costat em recorda els antics emperadors. No admet el diàleg i em respecta perquè sóc qui sóc, però sé que menysprea tot aquell que no és cristià. No, no m'agrada aquest home. De vegades, fins i tot, he pensat que seria bo jutjar-lo i ajusticiar-lo.

Déus de déus! Si ordenés fer una llista de tots aquells que han mort per necessitats d'Estat, si aquesta llista contemplés tots els crims disfressats, si hi afegís tots els suïcidis, els desterraments que han acabat amb la mort sobtada del desterrat, les promeses trencades, els complots i les traïcions, i totes aquelles històries mai aclarides, hauria de demanar els escrivans que no dormissin en una bona colla de mesos. Roma és un gran pou que devora tots els cadàvers que llancem per la seva boca. Mai s'acaba d'omplir. Quan era jove aquest pensament em repugnava, però ara, quan ja he descobert que no som éssers individuals ni la meva història em pertany únicament a mi, sinó que és la suma de tots els esdeveniments que m'han assegut al tron, penso que des del primer nom fins a l'últim d'aquesta llarga llista, tots, m'han ajudat a assolir el meu objectiu.

Maximí, en veure la desfeta de Maxenci, va ordenar les seves legions retirar-se i, si bé el pacte amb Maxenci ja era prou excusa per atacar-lo, vaig decidir que ja n'hi havia prou. Els soldats estaven exhausts i l'exèrcit havia de menester un descans.

Després de la batalla al pont Milvi, Maxenci ja no existia i tres emperadors governàvem l'Imperi. Però tres és un número que no m'agrada. Mai no m'ha agradat. Sempre hi ha un que no està d'acord amb els altres i se sent menyspreat perquè no li resta altre remei que plegar-se al desig de la majoria i ningú no el pot consolar.

Maximí era un ambiciós i un ésser cruel que no gaudia de cap sentiment noble. Poques vegades ens vam veure i mai no ens vam entendre gairebé en res. Volia governar tot l'Orient i no va tenir cap mena d'escrúpol en proposar-me que l'ajudés per tal de lliurar-se de Licini. Tanmateix, jo no veia cap garantia a la seva paraula de respectar l'Occident quan hagués assolit els seus objectius i em vaig negar.

127

Era temps de repòs i de pactes, de noves aliances que m'asseguressin la pau mentre recuperàvem les forces. De manera que vaig fer les gestions oportunes per tal que Constància i Licini es casessin, amb la qual cosa ja tenia per cunyat un dels emperadors.

Va ser una boda fastuosa a la qual no va assistir Maximí que es va excusar i va enviar regals. Vaig somriure. Ell havia entès que s'havia quedat sol. No tenia res per oferir-me, llevat de la seva paraula. I aquesta no valia res...

Després de tanta guerra, la pau tornava a regnar als meus dominis i ens preparàvem per reconstruir un imperi malmès i guarir totes les ferides que deixa una guerra civil però, quan ja creia que tot era sota control, els francs van creuar el Rin, aprofitant que les notícies de la mort de Maxenci els feien pensar que Roma s'havia desmembrat, i em van obligar a marxar cap allà.

Confesso que no em va fer gens de mandra anar-hi. Roma m'ofegava tant que m'estimava més viure a Arles, però havia hagut de renunciar-hi perquè no podia cometre l'error que altres emperadors havien comès i deixar que un altre Maxenci, un estúpid més, es cregués amb l'obligació de complaure uns ciutadans que s'imaginaven el melic del món i exigien la presència d'un home assegut al tron. Però amb l'excusa de defensar les fronteres de l'Imperi la cosa era ben diferent. Pròtul em guardaria fidelment les meves pertinences, sota l'atenta mirada de Fausta que, en aquest i en d'altres aspectes, era insubstituïble. Podia marxar ben tranquil, que quan tornés res no hauria canviat.

I és aquí on tot es va tornar a embolicar. Maximí va creure que un cop allunyat Constantí podria atacar i derrotar fàcilment Licini, però jo m'havia ocupat de deixar enrere una assegurança, fent que el meu cunyat i aliat fos nomenat protector de la religió que m'havia atorgat la victòria sobre Maxenci.

Licini i jo ens havíem trobat en diverses ocasions i les nostres relacions eren de mútua confiança. En una d'aquestes trobades vam tenir una conversa llarga, interessant i profitosa per a tots dos perquè ell va saber escoltar les meves paraules i les va fer seves.

—Els cristians són la millor garantia de continuïtat per a l'Imperi —li vaig dir.

—Una garantia perillosa —em va contestar.

—Potser sí, però en aquests moments és l'única. Pensa: tu has de menester un exèrcit, i on trobaràs els homes?

Es va quedar pensarós. No era cap babau i va copsar d'immediat el perill que l'envoltava.

—Maximí no ha entès la força que s'amaga darrere dels cristians —vaig continuar parlant—. No els obliguis mai a lluitar, però protegeix-los i ells et serviran.

Maximí va arribar a Bitínia amb més de seixanta mil homes, mentre que Licini només en disposava de trenta mil. Bizanci va caure després de dotze dies de setge. No gaudia d'unes defenses segures. Però la creu es tornà a aixecar i el setge d'Heràclia ja no va ser tan senzill com el de Bizanci. Ben diferent, va representar una pèrdua de temps tan gran que va proporcionar a Licini l'oportunitat de plantar-se davant Maximí amb el millor exèrcit: una força composta per cristians disposats a morir per tal de defensar el seu garant i protector. Ningú, en tota la història de l'Imperi, no havia vist mai un coratge tan ferm i una disposició a morir que feia feredat. Déu els ho havia manat.

Jo havia tornat a Roma i Fausta em va informar de les darreres històries que circulaven pels carrers de la capital, de les xafarderies i contes de safareig que tant agraden les matrones romanes i que en tantes ocasions m'han proporcionat valuosa informació, però que en aquells moments em deixaven indiferent. Més em preocupava Maximí. De manera que les intrigues femenines de palau van caure en l'oblit quan les notícies de l'est em van arribar. Un cop més la història es repetia i, tal com va passar amb en Maximià, els propis soldats de Maximí el van lliurar a l'exèrcit d'en Licini i el seu cos va trobar la seva darrera hora a Tars.

La història diu que Maximí es va suïcidar, que la desesperació el va empènyer, que... També ho diu de Maximià, però jo sé que els romans sentim una excessiva tendència al suïcidi i m'he estimat més no saber-ne la veritat. Decisió presa, decisió assumida; acte executat, acte oblidat. De què m'he de queixar, si jo havia fet el mateix amb en Maximià? Un acte de caritat cristiana. I prou. No calia donar-hi més voltes.

Licini esdevingué l'emperador de tot l'Orient i en prova d'agraïment va signar una nova aliança amb mi que encara enfortia més la precedent. Ell se sentia poderós i segur i jo també. L'Imperi tornava a gaudir de la grandesa i els nostres enemics ens respectaven.

De retorn de la frontera del Rin, i després de la derrota de Maximí a mans de Licini, em vaig dedicar a la construcció de la nova Roma, d'una nova societat que sempre, per una raó o bé per una altra, quedava ajornada sense data fixa. Em convenia un descans.

Fausta tornava a estar embarassada. Jo em sentia satisfet i havia arribat a estimar-la de debò. Ella m'havia ajudat en nombroses ocasions. Els seus consells i comentaris eren encertats i havia trobat en ella la perfecta emperadriu. Dins meu tenia prou clar que la família és part d'un mateix i vaig arreglar el matrimoni d'una altra germana, Anastàsia, amb Bassiani. I com a dot li vaig concedir l'Àfrica: una província rica i gran que curullaria totes les aspiracions del nou cunyat, vaig reflexionar. Fausta també va considerar que la decisió era prou bona. Bé, ara que ho penso, potser la decisió va ser seva, de Fausta, perquè les dones gaudiu d'una subtilesa especial quan feu tractes i pactes de família. I la boda, organitzada per Fausta, va ser luxosa i Silvestre la va beneir amb la seva presència, malgrat no fos ell l'oficiant ni cristià el ritual escollit pels contraents.

—¿No creus que amb totes les prerrogatives concedides ja en tenen prou i que no seria assenyat donar més protagonisme als cristians perquè t'identificaries massa amb ells? —m'havia dit Fausta. I tenia raó. Com gairebé sempre.

Constància i Licini van assistir a la boda i vaig veure que entre els meus dos cunyats naixia un cert corrent de simpatia. I em vaig sentir content. Aquest serà un nou vincle que encara reforçarà més l'aliança entre l'Orient i l'Occident, vaig pensar.

Ara calia reconstruir una economia malmesa per tanta guerra i oblidar els enfrontaments. Una nova etapa s'albirava i els carrers de Roma recuperaven la vida i l'esplendor dels anys passats mentre els mercats anaven plens, el circ tornava a oferir espectacles —només que els cristians ja no eren a l'arena—, les festes es multiplicaven, malgrat que nosaltres —Fausta i jo— no n'assistíem a gaires, els teatres havien recuperat la facultat de representar obres dels grecs —potser perquè sabien que a mi m'agradaven—, el senat discutia lleis i més lleis, els ministres anaven atrafegats d'un costat a l'altre complint les moltes ordres que els donava i el Tíber contemplava indolent tots els canvis que tenien lloc a la capital, mentre que els set turons guardaven els meus pensaments.

*** ***

Un dia, quan estava amb els ministres, va arribar Pròtul. Vaig copsar que alguna cosa el preocupava i vaig cloure la reunió.

—Senyor, he trigat a venir a parlar amb tu perquè volia estar segur de les meves paraules —em va dir quan ens vam quedar sols.

—Què passa?

—L'hem interceptat camí de Bizanci —va dir i em va mostrar el document que duia a les mans.

El vaig llegir i no m'ho podia creure. En ell vaig trobar les condicions d'un pacte. Bassiani assoliria el poder a Roma i Licini, a canvi del seu ajut, obtindria l'Àfrica. Jo, naturalment, havia de desaparèixer.

Ho hauria d'haver previst, penso ara, perquè tots dos havien canviat força.

—Què s'ha begut l'enteniment? —recordo haver dit a Fausta en assabentar-me que la disbauxa i el vici s'havien apoderat de la cort de Licini—. Hauré de parlar amb ell.

—Pobra Constància! —va sospirar ella, i afegí en veu baixa—: I pobra de mi.

Ara m'adono que ella va intuir el desastre. Germans contra germans ens enfrontaríem, de nou les famílies romanes haurien de plorar pèrdues inútils i la terra s'engoliria els cadàvers i tancaria el carcany sense vessar una sola llàgrima.

Licini havia ordenat executar Candidià, fill natural del seu benefactor Galeri. I, no content amb aquest crim, va arremetre contra Valèria, una de les dones més valeroses que mai no he conegut, digna esposa de Galeri i mare adoptiva de Candidià en un acte que ultrapassava els deures d'esposa i emperadriu. Quan penso en tot allò que aquesta dona va haver de patir al llarg dels seus dies, el cor se m'omple d'esgarrifança. Maximí l'havia perseguida i encalçada i la va desterrar al desert de Síria juntament amb Prisca, la seva mare. I és així com mare i filla van haver de sobreviure a penalitats impròpies de la seva dignitat, mentre Licini i jo lliuràvem batalla darrera batalla en nom de la justícia i la llibertat. I quan tot semblava retornar al curs normal, Licini va embogir i els caps de les dues dones caigueren al mar en un altre dels actes abominables que seguien la traïció. Llavors es va adonar de l'error i, en un absurd intent per disfressar la seva culpa, va crear una conjura inexistent. Però el poble no ho va acceptar de bon grat i la seva imatge va decaure amb celeritat.

Licini, fill de camperols, aplicava les mateixes normes que els emperadors cruels de noble bressol que va tenir l'Imperi. Encara no entenc com va poder canviar d'aquella manera. Sempre havia estat un home de seny, intel·ligent i amable. Però, ara, ja no era el mateix. Els nostres contactes s'havien anat espaiant i les nostres relacions refredant, malgrat que Constància i Fausta eren bones amigues.

Què podia fer en aquestes circumstàncies? Havia d'iniciar una nova campanya? Que no n'hi havia prou?

Cibalis, a la Panònia, i Mardia, a la Tràcia, es van erigir en dues noves victòries que deixaven prou clar qui era el mestre i qui el deixeble, i que van obligar Licini a raonar i enviar-me el seu ambaixador Mistrià, després de veure com Bassiani moria al camp de batalla i el desert s'engolia el seu cadàver.

Aquestes victòries em van costar un gran disgust amb Anastàsia, que vivia convençuda que jo era l'ambiciós i que havia atacat perquè sentia enveja del seu marit. I mai no em va perdonar.

Mistrià era intel·ligent i no va trigar gaire a demanar-me la porpra per a Valentí, un altre pobre ximple nomenat per Licini en un acte que mirava de fer-me veure la inutilitat de la lluita i enganyar-me amb una força inexistent. Però no vaig caure al parany i em vaig negar a acceptar una condició tan estúpida.

—Si Licini vol la pau, Valentí ha d'abdicar —vaig fer amb fermesa.

Mistrià va guardar silenci i va marxar. Pocs dies després Valentí perdia el càrrec i la vida. Licini, en un excés de zel, va interpretar que jo volia la seva mort i me la va concedir com un regal. Em vaig quedar garratibat.

En un temps ben curt la llista d'executats per raons d'Estat s'havia engrandit considerablement, mentre segles d'història no significaven passes endavant sinó refinament en els mètodes. En què ens diferenciàvem dels Tiberi, Calígula, Claudi, Neró,...? En què nosaltres ho justificàvem i a ells les justificacions els relliscaven.

I ara què?, em vaig preguntar. L'exèrcit ja no podia més. Eren massa anys de lluita seguida, de constant marxa a través de tot l'Imperi. Podia arriscar-me a una tercera batalla? El combatent deia que sí i el pensador que no i, per primer cop, no es posaven d'acord. Finalment el seny es va imposar i vaig triar la pau perquè no podia arriscar-me. Naturalment que no. I, a més, estava Constància.

—Ja n'hi ha prou amb Anastàsia —em va dir Fausta.

—Sí. Ja n'hi ha prou amb ella —vaig assentir i el filòsof va guanyar al combatent i vaig signar la pau.

El resultat va ser que la Panònia, la Dalmàcia, la Dàcia, la Macedònia i la Grècia van passar a les meves mans. Ja només restava la Tràcia, l'Egipte, l'Àsia Menor i la Síria en mans de Licini. I, de retruc, vaig nomenar cèsars els meus fills Crispí i Constantí. Licini va fer el mateix amb el seu fill, però érem dos a un. I la pau va arribar. Una pau llarga i llargament esperada. Set anys de bonança que ens havien de permetre restablir les forces, retrobar la serenitat i, a mi, dedicar-me a la construcció del nou imperi que tant i tant havia desitjat i enyorat.

La pau, per fi la pau!

—Mai més no escoltaré cap altre Bassiani —m'havia dit Licini el dia que vam signar la pau i es va desfer en mil i una explicacions sobre l'ambició del nostre cunyat.

Jo vaig donar per segur que havia estat el marit d'Anastàsia, l'instigador de la conjura, i vaig creure la paraula de Licini, que semblava penedit, per la qual cosa les relacions entre l'Orient i l'Occident van reprendre on s'havien interromput.

Durant els anys de pau que van seguir les llargues campanyes vaig poder rescabalar-me de totes les mancances amb les quals el destí m'havia obligat a viure per tal de no distreure'm de l'objectiu fixat. Ja era emperador i tot l'Occident em pertanyia, i més encara.

Silvestre esdevingué convidat permanent de les meves estances. El pobre envellia ràpidament, malgrat que encara conservés el gust per la conversa i una ment prou clara. Fausta sovint ens acompanyava, tot intervenint-hi amb comentaris plens de detalls que revelaven una intel·ligència que em va sorprendre gratament. Fins llavors, amb totes les campanyes, no havia tingut gaire temps per descobrir-la. Però en aquells moments, quan compartia les meves cuites, vaig sentir un gran amor per ella. Hi havia alguna cosa més que uns fills que ens unien i ella deixava de ser la filla de Maximià i traspassava la frontera de ventre gestador dels nostres descendents per tal d'esdevenir companya i amiga. Tant era així que prodigava les meves visites al seu llit i el present, per segon cop a la meva vida, va adquirir un sentit diferent: vital i ple. Són els anys en els quals vaig trobar en ella un nou amor que substituís el gran buit deixat per tu, Minervina.

Crispí i Constantí seguien creixent a bon ritme i vaig prendre la decisió de nomenar, secretament, el més gran com el meu únic successor. Constantí era intel·ligent i brau i ja s'albirava en el seu tarannà la llavor d'un bon general, però Crispí destacava tan netament pel seu damunt que la tria era més que evident. A totes les virtuts de què galanejava havia d'afegir un gran amor pels seus germans i, a més a més, l'altre fill Constantí el respectava i el reverenciava com a germà gran.

Jo ja feia temps que mirava amb orgull Crispí. La mare l'havia educat en l'amabilitat i la reflexió, mercès als mestres que ella mateixa va triar. I en aquells anys vaig fer realitat la promesa pronunciada davant la tropa, quan Crispí tot just començava a caminar, i vam sortir de cacera i el vaig veure créixer i esdevenir soldat. Mica en mica podia copsar com la seva habilitat en el manejament de les armes gairebé atrapava la meva i era conscient que només la meva més dilatada experiència em permetia guanyar-lo. Fins i tot discutia amb ell afers d'estat per conèixer el seu parer i m'afalagava descobrir que tenia talent per negociar. Serà un gran emperador, vaig concloure. Sap lluitar, pensa i sap parlar.

Constanci, Constant i Constància també creixien, i omplien de crits la nostra llar.

Fausta no gaudia de massa imaginació per als noms dels nostres fills. Es repetia constantment, mentre que tu, Minervina, vas escollir per al nostre fill un nom completament allunyat d'allò que era llei a les famílies romanes. Només amb la darrera, amb l'Helena, Fausta va fer un esforç d'imaginació digne de tot elogi i va tenir la delicadesa de recordar la mare, oblidant que les relacions entre elles no eren el bo i millor que tots hauríem desitjat.

Llàstima que la mare i tu, Minervina, no us haguéssiu arribat a conèixer! De ben segur que us hauríeu entès perquè teníeu força punts en comú: la tendresa, la delicadesa, el coratge, l'immens amor cap el nostre fill,... I també ho he de dir: Crispí era el seu nét predilecte. I era normal perquè l'havia educat i havia compartit tots els moments que qualsevol infant dedicaria a una mare...

En aquells dies vaig creure un pessic —tan sols un resquitx— en el déu dels cristians, malgrat que la reflexió i el seny m'empenyessin cap a un altre lloc: l'eternitat només té raó de ser quan els déus deixen d'existir. I el mateix raonament d'aquells dies, avui m'apareix tan real i lògic com aleshores. L'infinit i l'eternitat han de dependre d'ells mateixos, mai d'un element extern, perquè si la seva existència roman a mercè del caprici d'un ésser significa que poden deixar d'existir i, aleshores, es converteixen en atributs de qui els crea, amb la qual cosa mai podem parlar d'ells com existència. Allò que és mai no pot deixar d'existir. Seria tant com dir que no va ser o no serà. I el passat ja no és i el futur encara no ha arribat. Tot esdevé conseqüència de ser, en present. Tard o d'hora, però sempre, es fa present el present i esdevé eternitat, mentre que la meva existència adquireix carta de naturalesa quan resta lligada a tot: a l'infinit.

En aquells dies em vaig sentir etern, malgrat que sabia que el meu cos no ho era; em vaig sentir part de l'infinit, malgrat que la pell em limitava; em vaig adonar que, un cop mort, jo m'integraria amb l'univers, i vaig sentir plaer per haver contribuït conscientment a què tota la creació continués viva. Em sentia una petita espurna perduda en la immensitat dels cels i amb això considerava que tenia garantida la continuïtat en l'eternitat perquè l'univers no oblida cap dels seus components i no destrueix res, sinó que els fa evolucionar, els transforma i els configura de nou.

El cap de Silvestre es perdia tot cercant nous arguments per mirar de rebatre els meus raonaments, basats únicament en la reflexió i allunyats per complet de la imaginació posada en la inspiració divina. M'agradava molt discutir amb ell. M'obligava a mantenir-me despert i a exercitar la facultat del pensament. També em proporcionava informació i més informació sobre quines havien de ser les meves decisions per tal de mantenir els cristians al meu costat. I prou que li vaig escurar la cassola amb preguntes i més preguntes!

Aquell bon home volia demostrar-me que la fe era pel damunt de tot i cada dia tornava amb noves cites del seu mestre que em permetien endinsar-me més i més en la reflexió i esprémer-me el cervell per tal d'esbrinar la realitat de tots els anhels que s'amaguen darrere unes paraules que resumeixen tota la filosofia cristiana, carregades de significat, i ambigües ensems. La grandesa de les cites que m'aportava es trobava justament en la diversitat d'interpretacions que permetien. Jo les analitzava una a una i discutia amb ell cadascuna de les possibles explicacions fins que ens mostràvem incapaços d'arribar més lluny o fins que l'esgotament s'apoderava del seu cos, envellit i delicat, i marxava.

Pobre Silvestre! Cada matí tornava un xic més apagat, més gran, més lent i més fràgil, i al capvespre el cansament era més i més. En ell tot anava a més per tal d'esdevenir menys, que és allò que a tots ens arriba quan traspassem el zenit de la vida i iniciem la caiguda. No sé si va ser prou conscient del gran ajut que va representar per a mi comptar amb ell i amb les seves explicacions.

—Ja no puc rebatre els teus raonaments —em va dir un dia—. He arribat al punt màxim de la meva capacitat i a partir d'aquí només existeix la fe. Per a nosaltres, els cristians, la fe és l'inici d'allò que es troba pel damunt de la raó.

Vaig sentir un goig immens. Havia arribat a la meta. La fe era la raó d'existir dels cristians. No n'hi havia cap altra.

—Mentre ells creguin en tu, seràs emperador —em va dir Fausta, al llit—. Poc importa que creguis en el seu déu.

—Allò que veig, té sentit; allò que no veig, no en té. El sol s'aixeca cada matí i ens il·lumina, mentre que al seu déu no l'he vist mai —vaig contestar.

Les paraules i explicacions de Silvestre em van fer prendre decisions i signar importants edictes. El més important d'ells, sens dubte, va ser *Manumissio in ecclesia*, que considera que l'atorgament de la llibertat a un esclau en presència d'un sacerdot cristià té el mateix efecte que la concedida davant un tribunal civil de l'Imperi. I un altre, que també ha estat molt ben rebut pels cristians, diu que un tribunal episcopal pot jutjar a qui decideixi ser jutjat segons la llei cristiana, fins i tot en el cas que la causa hagi estat presentada davant d'un tribunal civil.

Però, no content amb els edictes, encara vaig afegir-hi l'ordre de construir basíliques i les he dotat de patrimoni suficient perquè puguin mantenir-se i mantenir els seus sacerdots. Totes aquestes van ser decisions encertades que he d'agrair a les paraules de Silvestre perquè, finalment, Eusebi de Cesarea va acabar fent un discurs en el qual em nomenava l'estimat de Déu, del seu déu, i em conferia el premi de participar del seu regne celestial, tot dient que jo havia rebut els efluvis que venen de Déu. Va dir, fins i tot, que l'emperador, jo, havia arribat a ser raonable per la Raó

Universal, prudent i savi per la Saviesa i bo per la comunió amb el Bé.

Miraculosament, durant set anys, ningú no es va revoltar. Els bàrbars semblaven haver après la lliçó i els perses mantenien bones relacions amb l'Imperi i res no feia presagiar que la pau perillava.

En aquells dies vaig aconseguir recuperar l'economia malmesa per les guerres, vaig crear el *sòlidus*, la nova moneda de l'Imperi, i vaig dictar moltes lleis i edictes per fer més agradable la vida dels ciutadans de Roma.

Van ser anys de dur treball per a mi, però molt profitosos per a tothom.

Només hi havia un detall que m'omplia de tristor. Anastàsia, després de la mort de Bassiani, se'n va anar a viure a Bizanci, lluny de mi, amb la seva germana Constància. En les ocasions en les quals vaig visitar l'Orient, es tancava a la seva cambra i no volia ni escoltar les paraules de Fausta. Només s'escoltava Crispí, que tampoc va aconseguir convèncer-la del seu error. Si no hagués estat per ella, pel seu odi, bé podria haver cridat que era feliç.

8.- LA REUNIFICACIÓ

Els gots van travessar la frontera i ens van declarar la guerra gairebé al mateix temps que Crispí complia vint-i-dos anys. Després de mesurar l'atrapada del perill, vaig decidir d'enviar-lo, a ell, amb l'ordre de restablir la pau. No hi veia cap mena de dificultat i seria un bon aprenentatge per al meu fill. Jo, a la seva edat, ja estava fart de moure'm per tot l'Imperi.

Tanmateix, la situació va fer un gir important quan els sàrmates es van aplegar als gots, i les províncies de la Ilíria van rebre la brutal abrivada dels bàrbars del nord. Campona, Margus i Bonònia patiren el pitjor setge de tots els temps. Ells bàrbars ja no ho eren tant i havien après força de les desfetes anteriors i s'estaven transformant en el projecte d'un exèrcit que ja apuntava trets d'organització.

Els dies se succeïren amb lentitud, malgrat que les notícies arribaven amb celeritat per dir-me que la situació no era bona. Vaig ordenar preparar un nou exèrcit, però no vaig donar l'ordre de sortir. El pare no ho hauria fet amb mi i jo no ho podia fer amb Crispí. Però, llavors, els francs i els germànics també van aprofitar el moment per revoltar-se i dur a terme una incursió que amenaçava la rereguarda de les legions. Crispí es va desplaçar fins al nord per tal d'evitar que s'apleguessin als gots i als sàrmates, maniobra que hagués representat una desfeta total.

Vaig aplaudir aquesta decisió, més pròpia d'un general experimentat que d'un jove oficial. Ja no hi havia cap impediment per sortir amb un nou exèrcit cap a les províncies de la Ilíria i recolzar la brillant iniciativa. Jo m'enfrontaria als sàrmates i als gots, mentre ell se les havia amb els francs i els germànics. I ningú, absolutament ningú, podria posar en dubte la seva vàlua com a soldat.

Unes setmanes després Crispí se m'aplegava victoriós. Junts, pare i fill, vam infringir un càstig tan gran als gots i als sàrmates que mai més no l'han oblidat.

Crispí va demostrar que era digne de la confiança dipositada en ell i em vaig sentir orgullós. En la seva joventut contemplava el reflex de la meva imatge, tal com el pare havia fet amb mi.

Després de reparar el pont de Trajà, travessàrem el Danubi, vam recuperar tot el botí que els gots s'havien emportat en la seva vergonyosa retirada i els vam perseguir fins que les súpliques anaven acompanyades de plors i crits de dolor. Només quan van acceptar la condició de proporcionar-me quaranta mil homes cada cop que els hagués de menester, vaig considerar que la lliçó havia conclòs i retornàrem cap a Roma tot deixant una frontera en pau.

A Roma les calçades anaven plenes de gom a gom i les flors queien als nostres peus, els de Crispí i els meus, en una immensa catifa multicolor molt més gran que aquelles que ja coneixia per haver-les viscut amb anterioritat. Pare i fill, present i futur, rebíem els honors que només els romans saben prodigar als seus herois. El pit no podia encabir el meu cor, engrandit per l'orgull del vencedor aplegat a l'orgull del pare. Fausta ens va rebre amb una festa com Roma mai no havia vist d'altra en tota la seva història i el nostre fill Constantí va escoltar embadalit el relat de les gestes de son germà, mentre que no podia dissimular la ràbia de ser massa jove per poder participar en les guerres i jo em sentia doblement orgullós perquè el primogènit de Fausta mostrava signes d'un coratge que, si es mantenia en el camp de batalla, atorgarien a l'Imperi un bon general. El futur de Roma estava assegurat.

La glòria era meva i podia haver recalat a la vida tranquil·la que em permetia dictar lleis i administrar l'Imperi, però Silvestre em va venir a veure.

—Els nostres germans de l'Orient moren —em va dir —. Licini ha engegat una persecució. Ha oblidat els pactes signats i tu no pots restar quiet perquè els cristians confiem en la teva protecció.

Acabava de pronunciar les paraules que jo no volia sentir. I el combatent va cridar: «Hem d'atacar!» I el pensador va dir: «No. Hem de reflexionar.»

I per segon cop no es posaven d'acord. I les dues vegades havia estat per culpa de Licini, l'home a qui jo havia perdonat.

Dintre meu començà una lluita dura i cruel. El pensador intuïa que alguna desgràcia s'amagava darrere la guerra, però el combatent li retreia que l'havia aturat quan va poder acabar amb Licini, tot obligant-lo a pactar. Va ser una crítica duríssima. Llavors va ser quan vaig començar a imaginar que si no l'atacava, Licini, tard o d'hora, reclamaria les terres perdudes i seria ell qui prengués la iniciativa.

—No gosarà fer-ho després de la gran lliçó que hem infringit als bàrbars —em va dir Crispí.

I Gabini i tots els meus generals pensaven el mateix. I Sòprates. I, fins i tot, Fausta.

L'altre fill, Constantí, era l'únic que no replicava. La seva joventut encara li impedia gaudir del suficient criteri per pronunciar-s'hi i només tenia ulls per a la figura del vencedor, de l'invicte general, son pare, a qui venerava com el més gran de tots.

—Com pots pensar que tu ets l'únic que ha sabut aprofitat aquests set anys per refer l'exèrcit? —em va dir

Fausta una nit—: Licini no és un tòtil i la guerra durà noves morts a les cases romanes.

—Tingues cura de la llar i deixa la guerra per als soldats —li vaig respondre, tal com anys enrere ho havia fet Maximià.

Silvestre no parava de burxar i vaig acabar pensant que, si no atacava, els cristians deixarien de recolzar-me. I ara depenia tant d'ells! Els havia enlairat i els havia atorgat llocs destacats a la justícia i a l'economia. Substituir-los representaria un daltabaix impensable perquè s'havien escampat com una plaga i les paraules de Licini ressonaven dintre del meu cap: una garantia perillosa. I en lloc d'escoltar la veu del seny i parlar amb Silvestre, tot mirant de convèncer-lo de la inoportunitat del moment, vaig deixar que el combatent prengués el comandament.

Sense més ni més, sense que en principi existís cap ofensa, sense parlar amb ningú, vaig atacar l'imperi de l'Orient, però la predicció de Fausta esdevingué realitat, i vaig descobrir que Licini m'esperava amb un exèrcit de més de cent cinquanta mil homes a peu, vint-i-cinc mil cavallers i, allò que era més important, una flota de tres-centes cinquanta galeres que li atorgava la supremacia absoluta damunt del mar.

Licini havia après molt de mi. Era llest i m'havia observat amb molta cura, per la qual cosa, aquest cop, el factor sorpresa no va ser-hi present. Arguments més que sobrats per recular i reflexionar, però el combatent ja havia pres la decisió i no podia fer-me enrere perquè el meu orgull d'invicte m'ho impedia.

Vaig marxar amb cent vint mil soldats cap a Andrinòpolis. Poc m'importava que les forces de l'enemic fossin superiors en nombre perquè m'havia encegat. A cada reflexió dels meus generals, inclòs Crispí, responia que la qualitat és un factor decisiu davant la quantitat.

—Els nostres homes surten de l'entrenament que aporta la realitat de la guerra, mentre que la cavalleria de Licini prové de les províncies de Frígia i de Capadòcia —els vaig dir—: I d'aquestes terres pots esperar cavalls formosos, però els seus cavallers són mediocres i plens de por.

—I la flota? —em va replicar Crispí.

—La victòria no arribarà per mar sinó damunt terra ferma — li vaig contestar, ple de ràbia. I vaig afegir—: Tens por?

—Ens veurem al camp de batalla —va respondre i va abandonar la tenda.

El vaig veure sortir i la ràbia s'apoderà del meu cor. Havia gosat replicar-me. A mi! A Constantí el Gran!

Aquella guerra va ser l'inici de la trencadissa de la subtil harmonia del meu interior i la separació dels dos personatges que m'havien convertit en invencible, fins a l'extrem que es va produir una lluita que tornà agre el meu humor.

Jo comptava amb que els anys de pau no havien canviat Licini, que havia esdevingut un monstre als ulls del poble. Els cristians de l'Orient vivien enmig del terror i els vicis creixien a passes gegantines dins de la cort de l'emperador, mentre que jo cultivava l'amistat de Silvestre i la comunitat cristiana m'atorgava totes les seves simpaties. Però Licini, malgrat tots els seus vicis i la vida llicenciosa que portava, continuava sent un brillant general, vencedor de Maximí, a qui no podia menysprear per més que el descontent regnés entre els seus súbdits. Perquè no són els súbdits els que lluiten a la guerra, sinó els soldats. I Licini havia après que una de les raons per les quals l'exèrcit manifesta la seva fidelitat són els diners que reben, raó que el conduïa a munyir al poble amb impostos i engreixar l'exèrcit amb bon menjar, bon vi i millor paga.

Encara tinc ben present la mirada de superioritat que vaig dirigir als meus generals quan, en arribar a Andrinòpolis, les meves suposicions esdevenien realitat: la cavalleria era formosa i es veia d'una hora lluny que els cavallers no podien comparar-se, ni de bon tros, amb els nostres. Elegants en una desfilada, mai suportarien l'embranzida de soldats forjats en les salvatges terres del nord.

Però, per contra, la flota era molt superior a la que podia esperar. Les galeres provenien de Xipre, de Fenícia i de Bitínia. Les millors de tot l'Imperi. Havia d'admetre que damunt l'aigua estàvem perduts. Tanmateix, lluny de donar-li la raó a Crispí i reconèixer que la batalla s'havia de guanyar als dominis de Neptú i que jo només comptava amb dos-cents petits vaixells, el vaig nomenar cap de la flota.

Andrinòpolis va ser una batalla dura i cruel, que vaig guanyar per mèrits de bon general i que va obligar Licini a retirar-se cap a Bizanci, però la poderosa flota de l'Orient seguia representant un perill innegable i omnipresent i bé podia agafar-nos entre dos fronts i acabar amb la llegenda vivent en què m'havia convertit després de disset campanyes guanyades, sense una sola derrota. Una imprudència i una temeritat que penjava d'un fil, d'allò que Crispí fos capaç de fer. I què hi podia fer, davant una flota dues vegades superior en nombre de vaixells i vint en qualitat i força?

Ho vaig veure clar. Tot estava perdut. I, en el darrer instant, vaig implorar un miracle. Jo, que no creia en cap déu, vaig implorar un miracle, mentre l'enemic esperava a Hel·lespont l'arribada de Crispí i la victòria ja era cantada per totes les veus que s'aplegaven al voltant d'Amandus, general invicte de la flota asiàtica.

Aquell matí Èol es va aixecar malhumorat i va omplir de bufades els cels. Amb el cor en un puny vaig contemplar com les tendes tremolaven i em vaig imaginar les veles dels nostres petits vaixells que no sabia si podrien suportar l'embranzida.

I vaig tornar a resar al déu dels cristians.

I per si encara era poc, Neptú, enfadat amb un déu que gosava torbar la seva pau, va clavar el trident al fons del mar, removent terres i roques. Es van aixecar immenses onades, grans com muntanyes.

Tot s'ha perdut, vaig pensar. Aquí acaba l'orgull de Constantí.

Tan gran va ser la tempesta que les poderoses galeres d'Amandus es convertiren en pobres troncs a la deriva. Tanmateix, els vaixells de Crispí semblaven tenir ales i arribaven arreu amb extrema facilitat. El meu fill va veure la possibilitat de trencar la flota enemiga en bocins i la va aprofitar de valent perquè, si bé no gaudia de l'experiència del seu opositor, era despert i sabia aprofitar-se de les circumstàncies.

Cent trenta galeres es van enfonsar en un tres i no res, més de cinc mil homes havien perdut la vida gairebé abans de començar la batalla i en les files enemigues tot anava en dansa. Amandus va salvar la pell arribant a tocar les terres de Calcedònia, però en unes condicions tan deplorables que van significar la pèrdua de més de la meitat de les seves forces i uns danys impossibles de reparar en poc temps. Crispí, per contra, gairebé no va perdre cap vaixell i la victòria va ser esclafant i total i l'Hel·lespont va quedar expedit per tal que Crispí vingués al meu encontre i m'ajudés a coronar el setge de Bizanci.

El miracle s'havia produït i jo contemplava les portes de Bizanci complagut i orgullós. L'Imperi sencer era al meu abast. Un cop més havia guanyat i vaig arribar a creure que tots els déus m'afavorien, que era l'enviat dels cels i que res ni ningú no podia aturar-me.

Els nostres soldats es van llançar amb tanta força damunt les muralles de Bizanci que Licini va fugir, temorós que aquelles pedres no el colguessin, i la ciutat em va retre homenatge quan el seu emperador encara no havia arribat a Calcedònia per poder refer un exèrcit de despulles.

Licini encara va cercar aliats i va nomenar Martinià com el seu cèsar, ensems que aconseguia un exèrcit de cinquanta mil homes. Una nova batalla es preparava.

No podia perdre el temps, vaig decidir, perquè la velocitat ha estat la millor de les armes amb què he comptat al llarg de totes les guerres. La velocitat m'havia atorgat la victòria davant de Maximià, Maxenci i tots els bàrbars del nord. I amb ella hi comptava.

Chrysòpolis va ser la darrera de totes. Vint-i-cinc mil homes van morir al bàndol contrari.

Aquella darrera batalla va ser una nova matadissa, un sacrifici i un carnatge que omplia de dolor les cases romanes, tal com havia vaticinat Fausta, però que ja no deixava cap sortida a Licini. La seva credibilitat havia caigut més baix que la més gran de les profunditats marines. I Nicomèdia va entrar de nou en la meva vida perquè és aquí on ell es va lliurar als meus soldats.

Pobre Licini! Tornava a semblar un camperol. Quan els soldats me'l van portar, jo em vaig seure dalt del que havia estat el seu tron. Allà, a baix, es veia petit i havia d'aixecar el cap per mirar-me.

—De veritat vas pensar, encara que només fos per un instant, que podies vèncer el Gran Constantí? —li vaig preguntar, mirant d'humiliar-lo.

—Tu no ets el gran, sinó els déus que protegeixen Crispí —em va contestar, amb orgull.

Malparit! Havia tocat el meu punt feble. Ell, davant dels meus generals, m'humiliava, atorgant la victòria al meu fill i robant-me-la a mi.

El vaig insultar. El vaig tractar de traïdor, mentider, camperol, viciós, cruel, ambiciós, abjecte, podrit... i de tot allò que em va venir al cap i vaig ordenar que el tanquessin a la cel·la més fosca, bruta, enforatada i pudenta que trobessin. Amb els lladres i els criminals!

L'Imperi s'havia reunificat. Darrere quedaven tots els cadàvers de totes les guerres que m'havien conduït fins al poder absolut. Milers i milers de cadàvers. Però a mi les xifres em deixaven indiferent. Havia arribat a un extrem tan allunyat de la més lleu humanitat que afegir-hi uns quants cadàvers no representava més enllà de canviar una xifra, freda i gèlida. La victòria, el resultat final és allò que comptava. La resta, anècdotes per als llibres d'història.

Llarga ha estat la meva vida. Tan llarga que temps he tingut d'omplir les mans de sang, fins que no resta una ungla sense que la vermellor la cobreixi per complet. Els ulls se m'han negat del color escarlata d'aquest fluid vital i la pudor seca m'acompanya, traspua per la túnica que cobreix el meu cos i no pot desaparèixer ni amb l'ajut de tots els perfums de la terra perquè ja impregna l'ànima.

—No pots matar-lo —em va implorar Constància, de genolls—. És el meu espòs, el pare dels meus fills. Ja n'hi va haver prou amb Bassiani.

—Bassiani va morir al camp de batalla

—Però Licini és viu i a les teves mans. La seva vida només depèn de tu.

—Li perdonaré la vida si executa el seu cèsar Martinià —vaig respondre.

—I morirà empresonat.

—No. El desterraré a Tessalònica. Lluny de la cort. On no representi cap perill.

Martinià va morir aquella mateixa tarda. A Licini poc l'importava el seu cèsar amb tal de salvar la vida i conformar-se amb el desterrament a Tessalònica, després, naturalment, de renunciar a la porpra als meus peus mentre jo tornava a humiliar-lo fent gala d'una complaença malaltissa.

El vaig obligar a abdicar davant del poble i les seves paraules van ser ofegades per la cridòria de la gent que omplia la plaça i m'aclamava. Fins i tot, li vaig donar l'esquena mentre parlava i vaig ordenar que fos un soldat qualsevol qui recollís la seva espasa. Finalment, sense mirar-lo, vaig fer un gest despectiu amb la mà per tal que es retirés i, llavors, em vaig tombar cap a la plaça per rebre les aclamacions de la multitud.

Dues setmanes després, quan Licini ja havia arribat a Tessalònica, vaig cridar Pròtul.

—Creus que Licini intentarà retornar?

—No ho crec.

—Doncs jo he sentit dir que prepara alguna jugada amb els bàrbars del nord.

—Jo no he sentit res.

—Doncs, hauries d'escoltar millor. Comprens?

Pròtul va assentir i va marxar. No calien més paraules. Maxenci va ser un idiota en no respectar la paraula donada a Sever, i Galeri mai no li ho va perdonar, però jo ja no tenia cap emperador a qui passar comptes ni cap persona de l'Imperi era ni per damunt meu ni al mateix nivell. Malgrat tot, vaig decidir actuar amb astúcia perquè ningú pogués dir que la paraula de Constantí no valia res. Conscient que les llegendes s'han de mantenir a tot preu, Licini havia de morir, però no pas gratuïtament.

Uns dies després em va arribar la notícia d'un aldarull entre els soldats de Tessalònica. Semblava que hi havia un complot de Licini amb els bàrbars del nord.

Em vaig desplaçar amb un petit exèrcit i vaig posar pau. Licini va ser detingut i empresonat a l'espera del judici. Un judici ràpid, sense cap mena de possibilitat de defensar-se, amb proves irrefutables construïdes amb habilitat. I l'endemà, el seu cap va rodolar pel terra.

Als ulls del poble no havia trencat la paraula, però Fausta coneixia la veritat. I tots aquells que van participar en la posada en escena de la tragèdia, també. I la gent té ulls, té orelles i pot pensar.

Difícil és mantenir-se en una línia recta quan l'entorn ha estat dibuixat amb tortes. I fàcil és caure en la transgressió de totes les lleis quan ja has començat. Mai, fins aquell moment, havia trencat la paraula donada; mai, fins aquell instant, havia emprat l'engany; i mai, fins llavors, havia descobert l'atrapada de l'ambició de l'home que vivia dins meu. Volia l'eternitat! Naturalment que la volia, però volia l'eternitat a la terra, i no pas la saviesa; volia perpetuar la meva estada al món, i no podia tolerar que ningú em fes ombra, perquè el qualificatiu de gran ho fos en tots els aspectes, i per a tot el temps.

Jo era invencible!

Tanmateix, si no m'hagués encegat per la glòria de la victòria, hauria descobert que, si bé jo havia guanyat Licini al camp de batalla, ell m'havia vençut en dos terrenys, força més subtils i perillosos: la seva espasa havia ferit greument el cordó que unia el filòsof i el combatent i, a més, les seves paraules acabaven de crear un abisme entre el Crispí i jo, perquè no podia acceptar que la glòria final pertanyés al meu fill.

Idiota de mi! No vaig ser capaç de veure tot allò que podia significar l'acte tan senzill, tan simple i tan poc important —tal com jo el vaig qualificar— de trencar per primer cop una cosa que havia esdevingut sagrada i llegenda: la paraula de Constantí el Gran.

9.- DE DEBÒ EXISTEIX L'ETERNITAT?

Una nit Teòfil ordenava els mapes. Sempre ho fa. Li agrada mirar els dibuixos. Estàvem sols i de sobte va dir:

—Una gran victòria la d'Hel·lespont. Gràcies al teu fill ets l'únic emperador.

Em vaig llevar amb ràbia i vaig estavellar el meu puny contra el seu rostre. Va caure d'esquenes i el vaig cobrir de puntades de peu fins que es va amagar darrere d'uns escuts. Sagnava per la boca i pel nas i em mirava amb ulls de terror.

Jo mai l'havia colpejat. Mai! I aquell dia gairebé el mato.

Es va escapolir i se'n va anar cap a la petita cambra que li servia de dormitori.

Una hora després vaig entrar-hi. Teòfil es va espantar i va caure de genolls als meus peus. El vaig aixecar.

—Et fa mal?

Va fer que no amb el cap. Li mancaven tres dents, tenia el nas trencat i el cos cobert de blaus. Vaig prendre l'esponja i li vaig rentar la sang seca que encara cobria els seus llavis.

—Em fa més mal no saber allò que he dit o he fet per ofendre't d'aquesta manera.

—No sóc emperador per la gràcia de ningú. Crispí va tenir sort a Hel·lespont, però sóc jo, únicament jo, qui ha conquerit l'Imperi. Ho has entès?

Va fer que sí amb el cap i va desviar la mirada dels meus ulls. Vaig contemplar les seves ferides i vaig somriure.

—I ara ves a veure Ticí i li dius que miri d'arreglar tot aquest enrenou.

No em vaig adonar que Fausta havia canviat. Aprofitava les meves indecisions i contradiccions per enlairar els seus fills. Sobretot Constantí. Aplicava la mateixa tàctica que Teodora amb el pare. Només que Fausta era més subtil.

—Ets el més gran emperador que mai no ha existit. Ets qui ha reunificat l'Imperi, qui ha retornat a Roma la grandesa del passat, qui ha guanyat totes les batalles i qui serà recordat per la història —em repetia constantment—. Has assolit l'eternitat.

De mica en mica, vaig empresonar Crispí dins la cel·la dels inoperants i, finalment, li vaig treure el comandament de l'exèrcit. Jo no podia acceptar que el vent havia estat el seu aliat a Hel·lespont i que el poble cridava el seu nom i el convertia en el nou heroi, sent els seus víctors majors que els meus.

Vaig capgirar tots els plantejaments que havia fet respecte al futur de l'Imperi. Restava cec i sord davant els fets, quan les conclusions dels meus raonaments em conduïen, un i altre cop, al mateix punt: l'eternitat no és individual ni ens pertany; no és una conquesta ni un dret, sinó un deure que tenim envers l'univers. Estem condemnats des del naixement a ser eterns, però no pas a viure una eternitat personal sinó a fondre'ns amb l'eternitat de tot allò que ens envolta. Crispí, el meu fill, havia de ser la meva continuïtat, però no ho podia acceptar sota cap concepte i em vaig girar contra ell. Un dia li concedia tot, i l'endemà li treia, mentre Fausta somreia i em donava la raó.

Un matí, després d'una inspecció rutinària, Fausta em va cridar a la seva cambra. Amb llàgrimes als ulls, em mostrà el punyal que Crispí havia portat de Bitínia, i que sempre duia amb ell. Amb veu trencada, em va explicar que ja feia temps que el meu fill la rondava, que ella sempre s'ho havia pres com una plasenteria sense importància, però que anit es va presentar a la seva cambra i la va amenaçar. Em vaig quedar bocabadat, però les criades van corroborar les seves acusacions, tot explicant que uns crits les havien despertar i, en arribar a la cambra, havien trobar l'emperadriu amb el vestit esparracat, el rostre cobert de llàgrimes, la porta oberta i el punyal al terra.

—És meu. Pensava que l'havia perdut —va dir Crispí quan l'hi vaig ensenyar.

—Potser anit?

—Anit?

—Quan vas visitar Teodora.

Es va quedar mut. Em mirava i no sabia què dir-me. Finalment va fer:

—Anit no el duia amb mi.

—Què hi vas anar a fer a la cambra de l'emperadriu?

—Ella em va cridar.

—Per què?

De nou es va quedar en silenci. M'havien informat que Crispí va arribar a les seves estances força tard i begut, molt begut. Ja feia dies que bevia amb excés, des que li havia tret el comandament de l'exèrcit, i ara no era capaç de contestar.

Vaig embogir de ràbia i va ser detingut i aïllat. Dos dies després moria ajusticiat. Un altre judici ràpid. Ell ni tan sols es va defensar. Només em mirava i guardava silenci. Totes les proves l'incriminaven, cap argument el podia salvar, però és que jo tampoc me l'hagués escoltat. La mare, l'única que tenia el poder de fer-me reflexionar, era lluny i va arribar quan tot havia acabat.

160

Dos anys més tard, la mare va sortir en defensa de la memòria de Crispí i va acusar Fausta de ser ella qui l'havia seduït.

Quin desastre! Mort Crispí, quina importància pot tenir que fos d'una manera o bé d'una l'altra?, em vaig preguntar. El mal ja està fet, res no ho pot arreglar i no cal remenar les cendres, m'enganyava. Però, la mare no va acceptar els meus raonaments i va aportar proves dels amors de l'emperadriu amb un jove esclau. I tant i tant va insistir que, finalment, Fausta va confessar. Ja feia cinc llargs anys, les seves estances privades s'havien convertit en el marc dels seus amors furtius. Ella va seduir Crispí. El va arrossegar amb enganys fins al llit i l'amortallà amb el llençol de la traïció. En sentir la confessió, se'm va caure el món al damunt. Quina desesperança, en descobrir la veritat!, mentia. Una veritat intuïda per mi i amagada per tal de no enfrontar-me amb la crua realitat.

El gran Constantí... Gairebé em fa plorar el pensament de la grandesa d'un home que va ser incapaç d'escoltar, i de creure en la innocència, i que va ajusticiar un fill amb tota la fredor del món.

No puc jutjar Fausta, em vaig dir, perquè significaria tant com reconèixer públicament la meva errada, però tampoc puc deixar-la sense que la justícia li arribi als ulls de la mare.

I, llavors, vaig prendre una nova decisió: el judici serà secret, la sentència mai pronunciada pels llavis i l'execució duta a terme pel botxí més silenciós i que més fidelment pot guardar un secret: Constantí. De fet, brutes ja les mans, una mica més de sang no hi farà res, em vaig consolar. No hi ha cap més solució, em vaig convèncer. Perquè un cop descoberta la traïció... I amb un esclau! Un vulgar esclau que només tenia com a virtut la seva joventut...

Aquella tarda vaig marxar cap a la seva cambra i vaig esperar fins que ella arribés. Entre amanyacs fingits la vaig conduir fins al bany que les donzelles havien preparat, només que jo hi havia afegit més aigua a una temperatura que gairebé m'escaldava les mans.

En el darrer instant Fausta es va adonar que la meva insistència perquè prengués aquell bany amagava secretes intencions i va voler resistir-se, però el meu braç, vencedor en cent combats, la va obligar a entrar i els seus crits van ser ofegats per l'aigua que la cobria per complet.

Allà la vaig deixar. L'endemà les esclaves la van descobrir i m'ho van venir a explicar amb llàgrimes als ulls.

Un combat extraordinari. Una nova victòria per afegir al meu llarg historial. El pla havia estat tan perfecte que em va permetre condemnar de retruc totes les criades i esclaus que eren al seu servei, presa del fals dolor que m'embargava. No va ser a mort, naturalment, que els vaig condemnar, sinó un càstig per la seva negligència, per deixar-la sola en el moment del bany. Elles van morir durant el desterrament i ells a les galeres. Petits accidents que els van impedir acabar la seva condemna i, menys encara, explicar a ningú la realitat dels fets. El nom de Constantí restava a bon cobert i el secret zelosament guardat pel silenci de la mort. Només el culpable de tot aquell infortuni, l'esclau i amant de l'emperadriu, va morir ajusticiat, després de ser torturat i escorxat per soldats germànics de la meva total confiança. Sense judici. Sense publicitat.

Oh, mare! Tu senties debilitat per Crispí. Mai no ho havies pogut amagar perquè en ell veies la meva imatge i podies intuir l'amor que havia existit entre Minervina i jo i copsar que el dolor em va omplir quan ella em va deixar. La força i la vehemència amb què el vas defensar, en un desesperat intent per guardar el seu record, van acorralar Fausta, a qui tu odiaves encara que volguessis enforatar el teu odi en la cova del perdó cristià. Per què ho vas fer, mare? ¿No et vas adonar que Fausta, veient-se perduda i havent comès l'error de confessar que havia arrossegat Crispí fins al seu llit, va arremetre contra tu, contra mi i contra tothom i va negar de sang les meves mans?

Cap emperador pot perdonar una ofensa que esdevingui pública. Ell és el mirall de l'Imperi i ha de ser respectat pel poble i per ell mateix. Fausta va morir suplicant el perdó en nom dels nostres fills i maleint-me, mentre les meves mans l'obligaven a submergir el cap dins l'aigua, fins que tota resistència va desaparèixer i el seu cos restà inert. Vaig sentir tota la repulsió imaginable en veure'm convertit en l'executor d'un crim fruit d un altre, que jo també havia beneït. Vaig sentir el remordiment quan tot era fet, després d'haver planejat la seva mort amb el més mínim detall i haver-la executat.

Maleït Constantí! A canvi de la sang vessada per culpa d'una promesa trencada, Fausta es va endur allò que més m'estimava.

Però... de què em puc queixar? De fet, la violència engendra violència i la sang es ven a preu de sang en el mercat de la vida. Mai no ha estat d'altra manera. I tu, mare, enfervorida per les prèdiques dels cristians, vas sublimar l'amor que senties per Crispí i em vas tancar les portes a tota possible salvació. No la de Crispí o la de Fausta sinó la meva.

Déus! Sento les mans enfarfegades de sang i el cor farcit d'odi cap a mi mateix. Si hagués deixat la història interrompuda abans de la darrera passa, la quina em faria guanyar l'Imperi sencer, ara, possiblement, no seria on sóc i Crispí i Fausta serien vius.

Oh, Minervina! Si de debò existeix l'eternitat, tal com la dibuixen els sacerdots, et buscaré arreu fins trobar-te. Ja n'estic més que fart de tanta mentida, tanta falsedat i ignomínia, tanta traïció, tanta ambició i violència, de sang, brutícia, absència de pau,... Amb tu vaig aprendre a estimar puix que em vaig fer home amable entre homes violents, crescut enmig dels camps de batalla i sense un pit que m'acollís, sense unes mans que donessin escalfor a les meves i sense una falda on reposar-hi el cap. Només tu sabies escoltar i proporcionar descans al cos que m'ha servit de suport tot aquest temps.

Maleïda Fausta! Mil vegades maleïda!

Però... què estic dient? Encara busco víctimes que carreguin amb la culpa que només em pertany a mi? Pobra Fausta. Tot i morta encara ha d'escoltar les meves malediccions...

Quanta falsedat! Quanta covardia!

Amb tu, Minervina, vaig aprendre a estimar, i amb la mort de Crispí vaig oblidar qualsevol sentiment lleial. Amb ell va morir la part més important del meu ésser: l'amor. I a Fausta la vaig condemnar jo, en consentir que Licini morís ajusticiat en virtut de l'engany. Estic ben segur que Fausta mai no hauria intentat apartar Crispí per tal d'enlairar els seus fills, si hagués vist en mi l'home que es pensava que era.

Filla de Maximià, no em va costar gaire trobar arguments i acusacions en el fet que havia mamat de les fonts del seu progenitor i la vaig veure calculadora fins a l'extrem d'acceptar la mort del seu germà Maxenci amb la fredor d'un expert en geometria, sense adonar-me que ella va triar el meu amor i va restar al meu costat. Fins i tot — recordo que vaig arribar a pensar— Euclides demostrava més sentiments quan explicava la correspondència i proporcions de segments, i hi havia més humanitat en el teorema d'Arquímedes que en tota la vida de Fausta després d'haver parit sis infants. I és que no els va alletar, encara vaig afegir-hi. Esposa d'un emperador, va buscar bones matrones que alimentessin els nostres fills, la vaig menysprear, oblidant que també ho havia fet per poder ser al meu costat.

Fausta va ser una bona esposa durant una bona colla d'anys, i jo, en aquells tristos dies vaig voler tapar, tant sí com no, el meu pecat, tot cercant raons perquè el crim esdevingués execució, fruit d'un acte de justícia.

La desaparició de Crispí també va marcar la definitiva separació dels dos personatges que viuen dins meu. El combatent acceptava la mort del meu fill aplicant el principi de "decisió presa, decisió assumida", però el pensador no ho ha oblidat mai. I no ho ha pogut assumir mai. Els dos puntals de la meva existència havien caigut, s'havien ensorrat, i aquell que jo creia que seria el tercer també ho va fer. Fausta havia estat durant un temps la teva perfecta substitució, Minervina, i, en desaparèixer, he caminat perdut a la recerca d'un perdó que ningú no ha estat capaç d'atorgar-me.

Des d'aquell dia la meva vida ha esdevingut presó i condemna.

Fa una estona, entre son i vigília, he tingut una visió i he parlat amb Crispí. L'he vist, i la seva figura em mirava. Dempeus, davant la porta, em convidava a seguir-lo, a aixecar-me i anar-me'n amb ell a l'altra dimensió. He cregut veure que em somreia. I Fausta també ha vingut. Per què?

Déus! No em puc treure del cap aquesta visió espectral. Les seves imatges han truncat la petita becaina que havia aconseguit lligar, car els cels ja no són benignes amb el meu cos i només em concedeix petites pesades de

166

figues que s'allarguen durant tot el dia. En aquests darrers temps, de vegades, m'he despertat enmig d'una sessió del senat, quan algú pronuncia una paraula més alta que les altres, i m'he sentit ridícul, perdut, desconeixent per complet el tema que és a debat.

Els hauria de demanar perdó. I a tu també, Minervina. I a la mare. I a molts més.

Tu, d'haver viscut, m'hauries proporcionat l'equilibri adient per poder fer front a moltes decisions equivocades. Quan no em podies convèncer amb arguments, ho feies amb carícies. De tu vaig aprendre que l'home ha de menester quelcom més que la pura satisfacció del sexe per tal d'encarar-se a la vida i que amb l'acte mecànic d'aparellar-se no n'hi ha prou. Tu em vas fer veure que som nosaltres, els homes, que posem la llavor dins vostre i que el fill serà la nostra continuïtat, la contribució que deixarem a la vida. Però jo vaig matar la meva continuïtat perquè tu, el meu gran amor, em mancaves i em pregunto: podem imaginar major càstig, per a un home, que contemplar com la seva continuïtat mor? Fausta prou que ho sabia i em va castigar tot imposant-me la seva continuïtat.

A partir d'aquell desgraciat dia l'amor s'ha reduït a jeure amb tot tipus de dones, particularment durant les campanyes, al camp de batalla, on he disposat de maneres i maneres de satisfer la cremor dels testicles amb les esclaves, les camperoles i les dones dels enemics abatuts. Les primeres obligades a escalfar-me el llit, tribut degut devers el desig de l'amo; les segones atretes per un cos que pensaven que pertanyia a un déu vivent, i que les enlluernava; i les terceres havien de plegar-se al caprici del vencedor, encara que cridessin o es defensessin. Amb totes elles —les unes amb submissió, les altres amb devoció i les darreres amb resignació— he buscat el plaer, però no he trobat l'amor que havia nascut amb tu i continuat amb Fausta durant els anys de pau en els quals ella participava de les meves converses amb Silvestre i es feia càrrec de totes les qüestions de palau.

Tu, Minervina, vas ser una troballa: una brisa suau que m'acariciava el cos; la càlida arribada d'una primavera plena de rosada; la tendror d'una segona pell que se superposava a la meva i em transportava fins als camps de Germània, com quan la neu cobria el paisatge i el cos s'acurullava dins la pell, a la recerca d'escalfor. Al teu costat podia aclucar els ulls i perdre'm en la dolçor de la son, sense por, amb la confiança que vetllaries pel meu descans. I, més tard, amb Fausta vaig trobar la perfecta emperadriu, sempre atenta al més mínim detall, present al meu costat en tot moment, fent-me reflexions i confidències que em permetien prendre decisions més acurades perquè Roma ha estat sempre un niu d'interessos i ella es movia amb una habilitat que cap home podia somiar.

Anys després de la mort de Fausta, vaig ordenar ajusticiar Licinià, sense tenir en compte que era el fruit de la unió de la meva germana Constància amb Licini, que també havia mort a ordres meves. L'un i l'altre se sumen i a la fi descobreixo que arreu on diposito la mirada la sang s'alça a riuades, des del dia que va morir Fausta, després d'haver perdut Crispí, dia en el qual jo em vaig convertir en un ésser diferent, violent, ressentit i recelós de tot i de tothom, i vaig començar a aplicar una llei que no figura en el codi, tot recordant els vells temps, els temps de l'autoritat absoluta, de la llei de l'emperador i de la disbauxa que tan tristament havia fet famós alguns dels meus avantpassats.

Quina desesperança! Després de la mort de Fausta, he buscat un nou amor que la pogués substituir, però no l'he trobat. I, finalment, cansat, em vaig abocar de ple per tal d'acabar la gran obra que ja havia començat: la nova capital de l'Imperi.

*** ***

Sis anys vaig invertir en la reconstrucció de Bizanci, que va prendre el nom de Constantinoble. Sis llargs anys que van transcórrer lentament, farcits de fets luctuosos i lluites internes que no van impedir que el treball progressés a bon ritme. Va ser el darrer vestigi de l'impuls creatiu que venia d'enrere, i que ja començava a decaure fins que va morir. Durant aquests anys vaig convocar el concili de Nicea, signar la sentència de mort de Crispí, matar Fausta i signar una nova sentència de mort amb el nom de Licinià. Creació i destrucció s'han donat la mà i aplegats han marxat.

Constantinoble quintuplicà Bizanci, i la muralla que porta el meu nom encerclà allò que ha esdevingut la capital de l'Imperi i el centre religiós i intel·lectual. Damunt el segon turó, just on vaig assentar la tenda quan lluitava

169

contra Licini, vaig ordenar edificar el fòrum principal, i a cadascuna de les portes es va aixecar un arc del triomf, mentre que els pòrtics eren plens d'estàtues i al centre ordenava disposar la gran columna que suporta l'estàtua d'Apol·lini, portada d'Atenes. Una obra en bronze que vaig transformar fins convertir-la en una imatge de la meva ambició desmesurada: el gran colós de peus de fang que guarda la grandesa de l'home més petit de la terra perquè Liberi, Silvestre, Praxíteres i Eusebi m'han mostrat que la veritable altesa prové de la senzillesa.

Acluco els ulls i repasso cadascuna de les magnificències que coronen aquesta ciutat i descobreixo la meva ambició en cadascuna de les pedres dels obeliscos i les estàtues que omplen el circ, vertadera construcció gegantina que no té res a envejar del Colosseu: quatre-centes passes de llarg per cent d'amplada. El poble va restar bocabadat en veure el resultat final, i avui encara ho està. I, darrere del circ, vaig ordenar edificar el palau, al qual hi accedeixo per una escala de caragol. Els millors marbres, les més riques ceràmiques, l'or, la plata i el bronze resten envoltats pels immensos jardins que van des del circ fins la basílica. Digna residència del més gran dels emperadors, vaig pensar quan les obres ja eren a les acaballes. I tot per a mi, per a Constantí el Gran.

El marbre omple les columnes dels banys de Zeus i seixanta estàtues guarden les seves aigües; un capitoli alberga l'escola de ciències; dos teatres serveixen de marc per a les representacions de les obres dels grecs i dels romans; vuit banys públics permeten que els plaers dels rics arribin a tothom per tal d'equilibrar els cent cinquanta-tres banys privats; cinc graners públics asseguren el rebost de la població i permeten encabir la càrrega dels nombrosos vaixells que arriben, mentre que vuit aqüeductes aporten tota l'aigua que hem de menester per mantenir tota aquesta grandesa coronada per quatre palaus de justícia. I com a llegat per als cristians, que van creure en la meva visió imaginària, catorze esglésies donen rèplica als catorze palaus que han estat ocupats pels patricis de la ciutat i a les més de quatre mil cases dels nobles.

—Què és tot això si ho dividiu entre les cent setze províncies amb què compta l'Imperi? —vaig contestar quan els comptables en van venir a veure, esparverats.

Ara, quan la mort és a les portes, em demano: per què servirà? I somric.

La intenció va ser bona, si només em fixo en les raons que vaig argumentar davant els meus ministres. I continua sent bona si em recolzo en l'esperit primitiu que em va fer pensar en aquest canvi: Roma, massa envellida pels anys i massa embrutida per la corrupció, havia de deixar pas a una nova capital, símbol d'una nova era plena de lloables sentiments, on els pecats d'una societat decadent desapareixerien. Però, acabada la reconstrucció, vaig fer donació de bona part de les cases i dels palaus als nobles de Roma, tot convidant-los a viure a la nova capital. Presents i regals i l'exempció d'impostos per als cridats. I les mateixes persones, que havien alimentat i perpetuat la

171

corrupció a Roma, es van traslladar a l'altre costat de l'Imperi.

Les raons que vaig argumentar davant els meus ministres per triar Bizanci i convertir-la en la nova capital de l'Imperi ja m'estan prou bé.

—L'emplaçament al Bòsfor —els vaig explicar amb el mapa al davant— permet una bona defensa i propicia el comerç. Guaiteu: un pas llarg i tortuós impedeix l'atac per mar i el domini de les costes d'Europa i d'Àsia ens atorga la supremacia del comerç. Terra rica i fèrtil guardada per un port gran i segur... —i després van arribar als arguments sentimentals que la feien més estimada als ulls de tothom —. Disposa de set turons. Ella és, sens dubte, la segona Roma.

Vaig fer un bon treball. Ningú no ho podia negar i ningú no em va replicar.

Allò que ja no gaudeix del premi de la lloança és el somni que vaig inventar, aprofitant-me un cop més de la credulitat dels cristians.

Encara em veig, recolzat damunt l'antiga muralla de Bizanci, contemplant la plana. Allà se'm va ocórrer que una nova faula em proporcionaria força de treball a baix preu, i una nova mentida va fer que el déu dels cristians ordenés, per boca meva, que Bizanci havia de ser la nova Roma, enviant-me la visió d'una dona vella que esdevenia jove, i que va servir perquè Silvestre cregués que el seu déu em feia costat, i de nou els senyals es van convertir en miracles i les visions en missatges divins.

Va ser una gran representació teatral. Gairebé en èxtasi vaig caminar amb els nobles al darrere i quan Adrià em va dir que ja havíem caminat molt li vaig contestar:

—Ja m'aturaré quan la veu interior que em parla m'ho ordeni.

Tothom va restar en silenci i ningú més no es va atrevir a destorbar la meva comunicació amb el déu dels cristians per tal de determinar els límits de la nova capital. Una gran representació que ja hagués enveÿat Èsquil per als seus actors.

És així com vaig aconseguir crear totes les escoles d'arquitectes i d'artistes, i les províncies van pagar el dispendi, ensems cap de les grans ciutats de Grècia i d'Àsia posaven el més mínim impediment en veure's despullades de les millors estàtues i dels monuments més representatius per tal de proporcionar l'esplendor i la magnificència que una ciutat inspirada per déu els demanava.

Els meus desitjos són ordres perquè per als cristians jo represento tot un símbol. I és que la vida... aquesta vida que no entenem ningú... ens reserva uns papers que... Qui s'ho podia imaginar? Jo, un descregut, vaig haver de posar pau entre ells. Sí, jo, el Pontífex Màxim, el fundador de la religió de la Mitra, els vaig convocar a Nicea per tal que discutissin les seves diferències.

Més de tres-cents bisbes reunits per poder dilucidar una disputa absurda sobre un detall que a mi sempre m'ha semblat insignificant, absurd i estúpid.

És Jesús de la mateixa naturalesa que el déu d'on prové o no?, es preguntaven els cristians. I a mi què més se me'n dóna que sigui d'una manera o bé d'una altra? L'important és l'Imperi. De manera que davant la possibilitat d'una trencadissa en el sí de l'església cristiana, vaig convocar aquest concili. Perillava la garantia de la unitat de totes les terres de Roma.

Silvestre ja estava vell, cansat i massa atrotinat, i no va assistir-hi. Llàstima! Es va perdre un espectacle que l'hauria esgarrifat, si hagués mirat amb els meus ulls. Atanasi va carregar contra Arri, que va donar una lliçó de coratge i d'honestedat en respondre les acusacions amb honradesa i sinceritat. Fins i tot, vaig sentir tristor per aquell home malenconiós que volia exposar els seus punts de vista i explicar-los amb la raó, quan la consigna era que la fe ho podia tot. En acabar, només dos bisbes, dels tres-cents divuit, li atorgaven la raó. Una raó minsa que va conduir a què la resta el condemnés, i també pronunciés sentència en contra dels seus seguidors, sense que jo pugui afirmar si la condemna era amb el cor o amb la por d'enfrontar-se al poderós Atanasi, secundat pel no menys poderós Juli que ja havia iniciat el camí cap al pontificat. Però allò que més em va espantar va ser la sentència. Feia por perquè no tenia res a envejar a les que jo pronunciaria un any després per tal de portar a la mort Crispí o, més tard, Licinià, fill que era de Licini, i nebot meu.

Sense tenir en compte la bona fe d'Arri, el concili l'excomunicà, va ordenar cremar tots els seus escrits i, fins i tot, condemnà a mort tothom que amagués els dits escrits. T'imagines allò que significa condemnar a mort per als cristians? No eren ells que predicaven la no violència?

Aquell mateix dia em vaig adonar que ja eren com nosaltres! Que la seva religió no podia ser la vertadera. Sòprates ja m'ho havia dit: si el seu déu els ho ordena, mataran.

Vaig callar i vaig deixar que condemnessin Arri, malgrat que jo no ho hauria fet. Aquell home no havia pretès altra cosa, i no havia comès altre pecat, que pensar lliurement. Però, la política és la política i el meu silenci assolia dos objectius importants. Vitals per a Roma! El primer, que restava ben clar que jo no havia intervingut com no fos per demanar seny i calma; i el segon, que la unitat quedava garantida. La figura de l'emperador sortia refermada i la unitat de l'Imperi reforçada.

Vaig aprendre molt sobre ells. Lluny de ser un grup homogeni, en el poc temps que fa que existeixen, ja han hagut d'enfrontar-se amb discrepàncies importants. Gairebé des dels primers temps, tot i viure sota les persecucions, construïen teories sobre el seu déu i sobre l'enviat d'aquesta deïtat: Jesús. Teories increïbles. Els gnòstics ja van crear en la seva imaginació els éssers pneumàtics i els no-pneumàtics, diferenciant els espirituals d'inspiració divina d'aquells que no ho són. Ells mateixos, deixant enrere el missatge que el seu déu havia vingut per salvar-nos a tots, van posar una frontera entre uns i altres.

Per a ells, els gnòstics, existeix un déu suprem, transcendent, diferent del déu creador del món. Es contradiuen. Parlen d'un sol déu, i el converteixen en dos. Fins i tot recordo haver llegit que es van constituir en sectes diferenciades i que Basílides no reconeixia cap unió entre el Crist i l'home Jesús, a qui veia com un ésser humà; Valentí considerava que Jesús era una formació psíquica celestial sorgida aparentment del ventre de Maria; Saturní negava el naixement del Crist, adduint que tota aparença visible és un fantasma; Montano va intentar fundar una comunitat, apartada del món, que havia d'esperar la vinguda de la nova Jerusalem...

Davant aquests fets i després d'assistir al concili de Nicea, tinc ben clar que els cristians prediquen l'amor amb la boca i si no furgo ni grato gaire poden arribar a enganyar-me, però gràcies he de donar per no haver caigut en la temptació d'acceptar la religió cristiana de bon començament, sense reflexió. Em pregunto: què és l'amor, sinó l'estat més pur de la comprensió? I em ve a la memòria la teva imatge, Minervina, i em responc: és la mà que s'estén cap a tu i et demana de caminar aplegats; mai no pot ser el braç que pretén arrossegar-te pel camí triat per ell, ni la boca que vol embotir les seves paraules a les teves orelles; és la veu dolça que et pregunta perquè tu responguis amb més preguntes; són els ulls que contemplen allò que tu mires perquè representen l'espill que et retorna la teva imatge, reflex de l'estimada; és la pell que mai serà frontera sinó pont d'unió entre dos cossos; és la companyia que no fa nosa, que et fa sentir que no estàs sol; és l'ham que trau a l'exterior el bo i millor que hi ha dins teu; és la força que empeny al teu costat, i no pas enfront,...

Ells no conceben l'amor com un compartir sinó com una imposició de creences. Per a ells no existeix la diversitat sinó la uniformitat d'idees, pensaments, sentiments, creences i maneres de viure. O ets amb ells o contra ells. O bé acceptes el dogma o, en cas contrari, caus en l'heretgia. I si no hi creus, et miren com un ésser inferior i perdut, a qui el seu déu no ha beneït amb un do imaginari: la fe. El dogma presideix la seva vida i han trobat el gran secret que permet que els pobres d'esperit se'ls escoltin i creguin perquè el creure els deixa endormiscats, i en el somni troben la pastanaga de la felicitat. Políticament són importants; espiritualment, penso, també s'han perdut, com tots aquells que els han precedit.

Durant tots aquests anys he adorat el sol i he reconegut el poder de Mitra que m'ha permès mantenir un equilibri força interessant amb els cristians. Ara, tanmateix, penso que el sol no és cap déu. Roman estacat al cel i sempre segueix el mateix camí. On és la seva llibertat? Jo sóc el Pontífex Màxim, mano sobre els set graus —des dels córax fins als pàters, tot passant pels nynphus, miles, leos, perses i heliodroms— i també sóc l'enviat del déu cristià. I què? Veig clarament que la lluna i les estrelles també brillen i que cap d'elles té poder sobre els núvols, que només obeeixen la força del vent. Qui és, doncs, el déu més poderós? Existeix, de debò, algun déu?

Diuen els perses —contra els quals estic lluitant— que tot està escrit damunt de les estrelles i cerquen trobar resposta a les seves cuites a través d'unes pràctiques ben curioses i d'uns càlculs estranys que disposen la situació dels planetes per a la seva lectura. Diuen que cada home neix amb la influència dels astres del cel i que ells determinen allò que li esdevindrà, què farà i, fins i tot, quan morirà. Recordo que, durant els meus estudis a Nicomèdia, em vaig interessar per aquests coneixements, i prou vaig arribar a consultar un astròleg persa, el nom del qual ja no aflueix a la meva memòria. D'ell només em resta la imatge de la seva figura alta i esprimatxada, de la seva barba blanquinosa i dels ulls mig enterbolits. Va llegir les estrelles per a mi, i recordo les seves paraules. Seràs home poderós, va vaticinar; i ho sóc. Viatjaràs per tot el món conegut; i ho he fet. Tindràs fills; n'he tingut set. I el sol et guiarà; sóc el fundador de la religió de la Mitra.

Com molt bé deia Liberi, no hi ha res de clar i jo ja no sé què pensar.

Cada cop que m'he assegut una estona a la gran sala del palau de Roma, a la galeria dels bustos, i he contemplat les estàtues dels meus avantpassats, dels emperadors que m'han precedit, i he observat les imatges d'Octavi, l'inici d'aquest imperi, de Juli Cèsar, el gran entre els grans, d'August, creador d'un nou exèrcit, de Trajà, el millor de tots els emperadors, d'Adrià, virtut feta saviesa i saviesa feta virtut... i les he comparades amb Tiberi, veritable sac de vicis, amb Calígula, l'estat més pur de la impuresa, o bé amb Neró, l'absurda brutalitat... i he retornat al passat immediat i he extret de la memòria a Constanci, el pare, a qui, de jove, havia titllat d'ambiciós sense escrúpols, d'assedegat de poder i de glòria, i que gairebé no va arribar a gaudir de la condició d'emperador, a Maxenci, pobre babau curullat d'ambicions impossibles per a la seva intel·ligència, a Licini, a Sever, a Maximià, a Galeri, a Dioclecià..., he descobert persones dins les persones, diferents cares amagades que pretenien ocultar d'altres rostres, i no puc deixar de preguntar-me: són ells els eterns, o els bustos pretenen disfressar la seva perennitat i enganyar la meva ment, fent-me creure que encara hi són presents?

A Nicomèdia, fa més de cinquanta anys, una matinada vaig demanar, implorar i exigir a Mitra que em fes savi, que em revelés els secrets de l'univers i de l'eternitat. I ara tot són dubtes. És això la saviesa? És el dubte constant, tal com deia Liberi?

Només sé que han estat tantes les experiències que he après que caminem per la vida amb un pesant vel opac davant els ulls, destre impediment que no ens permet endevinar on acabaran les nostres passes. I l'experiència també m'ha mostrat que malgrat totes les indefinicions, les vaguetats i les incerteses, si paréssim un xic d'atenció, potser descobriríem un apunt en el llibre del nostre existir, un senyal en les estrelles —gran llibre de l'univers— o bé un indici en el nostre interior —petit pergamí que guarda el record dels actes— que poden fornir-nos alguna insinuació, però que no escoltem, no contemplem i poques vegades la convertim en motiu de les nostres reflexions, ofegats i encegats pel desig de viure.

Ara sí que veuré, dins de la foscor de la nit, quin futur m'espera. La veu que em crida, cavalcant damunt el vent, és clara i neta. Ha de morir. Han estat les paraules pronunciades per qui decideix la vida de tot l'univers. Aquest és el meu futur immediat. I prou sé que qui les articula és lacònic i directe. Tanco els ulls i, fins i tot, el puc escoltar, i veure'l, i sentir-lo al costat, ben a la vora, tan a prop que la meva oïda no pot discernir amb claredat si aquest xiulet, pausat i prim, és el meu respirar o bé el seu. Ell és la llei i no li cal anar amb embuts. Tampoc ha de menester que els seus llavis es moguin perquè el seu pensament s'erigeixi en sentència i, acte seguit, l'executor emprengui el camí, sense cap més dilació.

M'esgarrifa tanta fredor. Però ha de ser així, i no pas de cap altra manera, perquè la clemència poc hi pot viure en cap de les estances del palau de la seva ment. La pietat és patrimoni de l'imperfecte, de qui pot entendre i tolerar que les errades són constants, i no pas de qui no és humà. I ell, naturalment, no és humà. No pot ser humà perquè les seves lleis són exactes i precises i no admeten cap desviació, i alliberat es manté de la insidiosa dependència d'un senat que tot ho estudia, tot ho debat i tot ho modifica, afegint noves lleis a les lleis i noves versions a la paraula escrita, mentre jo resto sempre sotmès als designis de la seva llei, sense cap possibilitat d'escapolir-me'n.

Què diferent de nosaltres! M'imagino la mirada de l'infinit perpètuament clavada en els nostres actes, contemplant-nos com petits éssers acostumats a interpretar la llei d'una manera flexible i a aplicar-la amb una laxitud, tan gran, que m'ha atorgat la complaença d'aprofitar-me de tota mena de llicències en funció de la conveniència del moment. L'univers, ben al contrari, no pren decisions sinó que simplement actua. Ell és la immensa màquina que tot ho ordena, que tot ho mou amb delicat i perfecte mestratge i... implacable precisió. Per a ell no existeixen les alternatives sinó tot un seguit de causes i efectes que s'enfilen les unes als altres sense que hi hagi lloc al dubte. Se'm fa difícil reconèixer la meva condició humana. He viscut pendent de la vida, capficat, i força sovint he confós els termes i els conceptes i he cregut que viure significa que el cos continua beneficiant-se de la capacitat del moviment. I viure, al cap i a la fi, és sentir, és respirar, és estimar, és gaudir, és... tot, absolutament tot.

Pobre il·lús! Ja veus: he esmerçat un pou de fantasia a la recerca d'explicacions i ara descobreixo que ell sap que viu, només, i n'és conscient, i únicament atorga un somni: el somni etern.

Ai...! Aquest vespre Teòfil no volia marxar i li ho he hagut d'ordenar amb veu d'emperador. Li he dit que em deixi sol, que no esgarri el son de tota la nit als peus del llit de qui ja poc ha de menester. I quan anava cap a la porta, capmoix i trist, he copsat una llàgrima que furtiva li relliscava per la galta dreta. Lenta, gairebé avergonyida per no poder complaure el meu desig. M'ha servit fidelment durant tots els dies del seu existir i, encara que mai ha estat un home de moltes llums, el seu cor és tan gran que se'm fa difícil entendre com pot encabir-se en un pit tan estret i escanyolit. Esclau era i esclau ha continuat sent, malgrat que fa uns anys li vaig concedir la llibertat, però ell és un ocell que sempre ha viscut engabiat i moriria si hagués d'enfrontar-se amb el món que ens envolta, perquè no sap fer altra cosa que servir el seu senyor. Ni tan sols no he aconseguit que deixi de dir-me amo... Em segueix arreu amb la fidelitat d'un gos i viu pendent, a totes hores, dels mil detalls secundaris que he deixat a les seves mans per tal que se senti important. Posa tota la seva voluntat en cadascun dels massatges que procuren aportar un pessic de vida a les meves cames, sense adonar-se que els anys li han furtat un bon tros de l'habilitat i la gràcia de què gaudien les seves mans. A més, mal que em pesi, el deplorable estat d'aquest cos allunya cada dia un xic més les exigües possibilitats d'assolir l'èxit en una lluita que ja esdevé gairebé inútil i estèril. Així i tot, l'enganyo amb un somriure i se'n va content, cert i cregut que la màgia dels seus dits han obrat el miracle, altre cop. Estic ben segur que es deixaria arrencar el fetge pel seu emperador. Fins i tot ho faria ell mateix, i me l'oferiria si sabés que amb aquest gest els meus dies s'allargaven. Què en serà d'ell quan jo no hi sigui? Me l'estimo tant...

Ha de morir. Ha sentit el botxí d'orelles descarnades, l'ombra que s'esmuny enmig del més absolut silenci, que ni tan sols belluga amb el seu pas les tendres fulles de l'arbre més jove i flexible del jardí. Per què ha de morir?, li podria demanar. Però, vols dir que em respondria...? I, ben pensat, tant se val perquè ja conec la resposta... Sempre és la mateixa: perquè ja he caminat prou; perquè ningú no pot transgredir les lleis que rauen en la llei; perquè, malgrat que no vulgui admetre cap lligam, romanc estacat a la voluntat suprema de les lleis naturals; perquè la meva supervivència representaria una transgressió de l'ordre natural; perquè ara ja no existeix cap impediment puix he complert la meva funció; perquè...

Són les de sempre, les respostes. Es repeteixen en cada mortal. I bé que les conec. Potser el gran botxí també les sap, aquestes raons, però no crec que aquesta coneixença li serveixi ni per silenciar la seva consciència. Qui obeeix cegament no en pot gaudir, d'aquestes subtileses humanes. L'enviat és un executor sense sentiments, sense pensament, sense reflexió, sense llibertat d'elecció i sense que el dubte allargui la seva ombra damunt el designis de qui mana. Amb un sol objectiu: obeir la llei i endur-se'n una vida. En aquest cas, la meva.

Oh, cels infinits! Quina fredor i quina esgarrifor quan ho contemplo amb les pupil·les del cor, del sentiment pur; quina perfecció quan ho faig amb els ulls de la raó, també he de confessar. Però a mi, per supòsat, no m'està permès opinar-ne. Ni a mi ni a tu ni a ningú. A cap condemnat li és permès quan la voluntat arriba d'enfora, del lloc on la gràcia i la clemència no formen part de cap lèxic. Llavors, totes les paraules esdevenen sons perduts, fútils esforços, petites espurnes d'un foc que esmorteeix i que, d'aquí ben poc, haurà deixat de crepitar per endinsar-se en el crepuscle del seu existir. I, així i tot, m'agradaria aixecar un crit de protesta per tal de recordar a l'executor que a les persones de l'Imperi —als ciutadans romans— els concedeixen un desig, just abans d'apropar-se a l'instant final, si ha estat un jutge humà qui ha dictat la sentència. Només els esclaus moren sense judici previ, sense que ningú prengui nota de les seves protestes i sense que puguin demostrar que també gaudeixen del buf diví d'una ànima. Però, davant l'executor universal tots som esclaus i ningú no és senyor i, menys encara, lliure. Per a ell no existeixen les persones, no hi ha veus que s'alcin ni vot que es pronunciï. Tan sols sentència i execució, execució i sentència, sent el temps que remitja entre ambdues tan curt que l'ordre bé pot capgirar-se sense que el resultat final sofreixi cap daltabaix.

He de morir perquè ja he complert la meva funció. Ha dit el gran executor.

Amb mi es tanca tota una època i en la darrera experiència d'eternitat, anit, vaig copsar que l'Imperi ja ha caigut i que mai més no tornarà a aixecar-se, i a mi se'm demana que obri la porta d'un nou món, d'un imperi diferent, allunyat per enter de la matèria i menys fràgil.

Potser només ha estat un somni, però era tan clar i real que m'estimo més creure en ell i oblidar els dictats de la raó.

M'he recolzat en els cristians durant més de trenta anys i ara ja no puc tornar enrere. Ja és massa tard i només em queda desitjar que ells siguin la llavor d'aquest nou imperi. Llavors sí que tindrà sentit dividir l'Imperi en cinc bocins perquè ja disposarà d'un element de cohesió que es troba pel damunt de les fronteres físiques i res ni ningú no ho podrà trencar. Si més no, així ho espero.

Tanmateix, no li ho vull posar massa fàcil a Juli. De manera que deixaré que sigui Eusebi, seguidor d'Arri, qui s'emporti la glòria. Potser els costi d'entendre el perquè de la meva conversió, després de tota una vida de negacions, però no seré jo qui els ho explicarà. Que cadascú ho prengui com vulgui o que ho envoltin d'una altra explicació divina que tant els agrada. A mi ja no em correspon donar respostes als perquès.

Pobra mare! Va morir entristida per la mort d'en Crispí i per veure en què s'havia convertit el seu fill. Però quan ja la mort l'atrapava, encara em va dir:

—Et perdono, fill. Jo et perdono. I Déu també t'ha de perdonar. Mira'l amb humilitat i demana-li. Ell t'escoltarà.

Pobra mare! El seu perdó és l'únic que he aconseguit.

Sento la necessitat de demanar disculpes a l'univers i Eusebi serà el seu representant i recollirà la meva confessió final. Si de debò existeix l'eternitat cristiana, tant se val que sigui un arrià, o no, qui m'atorgui el seu perdó. El perdó existirà. I si no existeix aquesta vida eterna, també tant se val perquè el seu perdó no em farà ni bé ni mal.

185

L'eternitat existeix. Ha d'existir! Però mai serà un somni sinó una realitat

El cor batega lentament. Cada cop més. Sento les cames pesants i posar-me dempeus em costa de valent. Tant de bo pogués tornar enrere i corregir moltes de les decisions que vaig prendre. Algú m'ho agrairia. Fins i tot jo en seria el més agraït. Però, ja no em puc enganyar més. L'esgotament ja s'ha fet tan palès que les properes passes, les poques que resten, són massa evidents com per ignorar-les i pensar que el temps pot allargar-se en virtut del meu desig. Teòfil també ho sap. Li ho he pogut llegir aquest vespre, als ulls, reflectit en aquella llàgrima. L'amor envers l'amo li concedeix el do d'una intel·ligència que es troba pel damunt de la saviesa: la intuïció. Em recorda Esdra, la gossa que va dormir als meus peus durant tota la campanya contra els germànics, que m'esperava a la porta del campament cada cop que sortia, que m'acompanyava en les caceres, i que un os la va matar. Ella coneixia els meus pensaments tant millor que jo. Jeia en un racó de la tenda, amb les orelles amagades, quan la ira m'ofegava; s'asseia davant meu, amb la llengua fora i la cua inquieta, quan la plasenteria i la facècia presidien el meu humor; i reposava el seu cap damunt el meu genoll, amb dolçor, quan la tristor m'embargava. De vegades li ho he dit, a Teòfil, i ell, lluny de rebre ofensa per la comparança, ha inflat el pit, complagut per la devoció que l'emperador sent cap a la seva persona.

El temps s'esgota i aquesta tarda rebré el senyal que em permetrà entrar al cel dels cristians i després deixaré que la vida d'aquest cos s'apagui lentament.

Tots els raonaments i totes les reflexions que he dut a terme em condueixen cap a què l'eternitat no és la nostra eternitat sinó l'eternitat de l'univers, i que nosaltres desapareixerem per sempre més com unitat vital per retornar les nostres energies a qui ens les va atorgar. Sí, em disgregaré i em fondré amb tot per continuar viu en la vida total que m'envolta, però la consciència, tal vegada, gairebé segur, la perdré.

Han estat anys de foscor, de caiguda constant a l'abisme del vici, a la recerca de plaers que em permetessin oblidar el passat sagnant que m'ha acompanyat, i, de sobte, sense saber per què, anit vaig retrobar la sortida cap a l'altra dimensió. Tanmateix, en aquesta ocasió no va ser instantània. Em sentia dintre d'un pou i alçant la mirada podia veure la boca i, a través d'ella, una llum. Vaig iniciar l'ascensió i, conforme pujava, uns rostres informes m'impedien de continuar i omplien de temor el meu cor, s'apropaven amenaçadors i semblaven voler llançar-se damunt meu, mentre jo intentava apartar-los per tal de prosseguir el lent i pesant caminar, però ells fugien sense que els pogués arribar a tocar.

Ha estat una lluita dura, plena de dolor, un caminar enlentit i cansat, un pelegrinatge interminable, i un enfrontament constant a un passat que he volgut oblidar.

Finalment, després d'encarar-me als horribles rostres que m'envoltaven, de mica en mica van desaparèixer, i vaig accedir a la boca del pou, i tot va canviar. La llum va prendre el lloc a les tenebres, la pau va cobrir de bàlsams les ferides produïdes pel dolor i l'harmonia va assentar el seu reialme, trencant per enter la disbauxa i la follia que existia dins meu fins aquell moment. Sensacions oblidades tornaren a mi: les meves orelles van escoltar de nou la música i la meva ment es va inundar de poesia, dels versos que Cras ens recitava a Nicomèdia; el temps va aturar la seva caminada i vaig veure, de nou, l'infinit als meus peus. L'eternitat es mostrava als meus ulls i l'univers sencer era una sola cosa. Jo no era jo, cap dels pensaments que m'envolten em turmentava, i vaig tenir un sentiment fugaç: si no tornava mai més, ja m'estava prou bé. Des d'allà podia contemplar aquest cos que m'ha acompanyat durant tota la vida i el vaig veure com un company, com un ésser extern que havia servit de suport a la meva persona, però al qual jo no pertanyia. Ni ell a mi. Fins i tot, vaig pensar, sembla un cavall i ja ha arribat el moment de canviar de cavalcadura perquè ha esdevingut vell i atrotinat. No obstant, el més curiós de tot és que no em sabia greu, tot i no saber cap on anava ni què faria a partir d'aquell moment.

Hi ha res més gran que sentir-se bé?

De sobte, he sentit un altre calfred. No sé si és perquè el cel s'ha capgirat per complet, les estrelles han fugit i els núvols han enfosquit la lluna i l'han empresonada o si és per culpa de tots aquests records.

La tempesta es desferma fora del palau i fins a mi arriba la lluentor del llamp mentre el soroll del tro escruix tot el meu cos, malgrat que mai no he tingut por de la pluja ni del vent. Però, avui és diferent. Unes passes semblen avançar de nit mentre els seus peus trepitgen el fang i deixen l'empremta de la seva petjada que forma petits bassals que s'omplen d'aigua bruta. El puc escoltar cada cop més a prop, mentre l'ànima se me'n va.

D'aquí poc sortirà el sol i jo no he dormit gens ni mica. Ara ja no sé ni com ha començat tot aquest repàs de la meva vida. Ha estat la teva imatge que m'ha visitat? No, avui no has vingut i, malgrat tot, et sento a la vora, a prop del meu llit. Fins i tot, hi ha hagut un instant que he estat a punt de girar el cap i cridar: Minervina. Però, després, he comprès que no hi eres, que tot havia estat una juguesca de la meva imaginació. I he sentit tristor.

Quan aquests ulls es tanquin caminaré cap a la gran Constantinoble, la real i la veritable ciutat immortal, i en aquell moment, tot i havent arribat a la conclusió que l'eternitat no és nostra i que nosaltres formem part d'un univers que es mou segons la llei, els meus llavis pronunciaran una pregunta que ha conviscut en mi des que la trinitat de Constantí va nàixer a Nicomèdia. I moriré amb el dubte de no saber del cert si l'he respost o no.

Serà llavors, i només llavors, quan en la foscor del desconeixement, i amb tota la senzillesa que atorga la darrera humilitat, cridaré ben fort: de debò existeix l'eternitat?

Però, algú em respondrà...? Seràs tu, Minervina, qui em respondrà...?

ALTRES OBRES D'ALBERT SALVADÓ

Si heu gaudit amb la lectura, potser us interessi conèixer altres obres d'Albert Salvadó, totes disponibles també en format de llibre electrònic.

OBRE ELS ULLS I DESPERTA

Gairebé a mitjans del segle XVII, Václav Hus, un savi que viu a Praga, rep la visita d'un jove rodamón de Pisa anomenat Tolino Salerno. El jove li pregunta si coneix alguna cosa de l'existència d'una llegenda que parla de la Rosa de Jade. Václav decideix confiar en el seu visitant i li explica que es tracta d'un cristall tallat en forma de rosa que amaga el secret de la bellesa eterna, que va desaparèixer de la tomba de Marco Polo i ningú sap on és. I encara li explica moltes més coses, però, a canvi, li demana que li digui on ha sentit a parlar d'aquesta llegenda que coneix ben poca gent.

Llavors, Tolino li explica el que va passar a Pisa, durant l'època en la qual va tenir lloc a Roma el judici contra Galileu Galilei per part de l'Església. Aquí va conèixer un misteriós personatge anomenat Fredo el Boig, exprofessor de la universitat i amic de Galileu, a qui va defensar amb vehemència. Per aquesta raó esdevingué un proscrit, per enfrontar-se a un món acadèmic immobilista i a una jerarquia eclesiàstica que ho volia dominar tot. Aquest home, geni de les matemàtiques, de la física i de la filosofia, obre un món nou als ulls de Tolino i li mostra una interpretació de la vida i de tot l'univers que desborda la imaginació i els sentits fins a tal punt que traspassa la frontera de l'espai i del temps i l'obliga a obrir els ulls i despertar a la realitat.

Les noves amistats de Tolino el duen a haver de fugir de Pisa per tal de no perdre la vida, però amb la ferma voluntat de tornar, perquè allà ha deixat el seu gran amor.

Tanmateix, el més sorprenent d'aquesta història és que, si els pensaments de Fredo el Boig s'apliquessin avui dia, serien perfectament coherents i d'acord amb els nostres temps.

Qui hagi llegit «L'informe Phaeton» potser necessita llegir «Obre els ulls i desperta». I qui no hagi llegit «L'informe Phaeton», possiblement ho farà en acabar el relat de Tolino Salerno.

UN VOT PER L'ESPERANÇA

Segons les profecies de Sant Malaquies, Benet XVI, el papa actual, és el penúltim. El pròxim serà l'últim.

192

«Un vot per l'esperança» comença just quan acaba de morir el pontífex, el conclave s'ha reunit per triar el successor i, de sobte, a la plaça de Sant Pere s'alcen veus que criden «Fumata blanca, fumata blanca!». Entre la multitud, Mario Darino, periodista que creu dominar els amagatalls del Vaticà, es queda petrificat en conèixer el nom que ha triat el nou papa: Pere II. En vint segles, cap altre papa s'havia atrevit a adoptar-lo.

A partir d'aquest instant Mario Darino viu una experiència increïble. La seva vida fa un gir de cent vuitanta graus i es veu immers en una perillosa trama d'interessos polítics i econòmics a la que no són alienes les intrigues que s'alimenten darrere dels mateixos murs del Vaticà, on sovint l'afany de poder s'amaga sota un mantell de religiositat.

La història està infestada d'exemples, i tot es precipitarà quan comenci a prendre cos la profecia de sant Malaquies, que vaticina que l'últim papa tindrà per divisa Petrus Romanus, portarà per nom Pere II i durant el seu pontificat tindrà lloc el judici final.

ELS ULLS D'ANNÍBAL

Obra guanyadora del «PREMI CARLEMANY 2002»,

A la Roma dels primers temps la dona no tenia cap dret: era considerada una propietat i el matrimoni només era un contracte per tenir fills. Tot i així, en privat, la dona esdevingué el suport de l'home i el centre d'un poder silenciós i secret que va influir en les grans decisions.

Aquesta és la història d'Ariadna, una dona d'ulls foscos i misteriosos com la nit, i de Sinesi, el filòsof que era capaç de llegir als ulls dels altres i despullar les ànimes i que va descobrir que Ariadna guardava al seu interior tot un univers, ocult darrere del misteri de la seva mirada.

Una història en què l'amor amb majúscules s'uneix a les quatre derrotes consecutives, també amb majúscules, que Roma va patir a les mans del gran Anníbal. I tot per causa d'uns ulls.

També és la història de Publi Corneli Escipió, que esdevindrà el més gran dels generals romans, que va aprendre que els ulls són la porta que ens permet contemplar l'ànima i atrapar els sentiments de qualsevol.

El nom d'Anníbal ha passat a la història de la mà dels elefants, però un cop hagueu llegit aquesta obra, és possible que substituïu els paquiderms per alguna cosa molt més petita i infinitament més poderosa.

L'ANELL D'ÀTILA

Obra guanyadora del Premi Fiter i Rossell del Cercle de les Arts i les Lletres.

En ple segle V, Constantinople i Roma contemplen amb preocupació com totes les terres entre el Rin, el

Danuvi, el Volga i el mar Bàltic rendeixen homenatge al nou emperador dels huns, com es fa dir Àtila.

I la preocupació es converteix en pànic quan comença a circular la llegenda que parla d'un home que està per damunt dels altres mortals, perquè ha rebut de mans dels déus l'espasa de Mart.

Sever Antoni Brauli Teodosi, general, ambaixador i senador, viurà una vida sencera per descobrir que som els homes que aixequem els imperis i, també som nosaltres, els qui els esfondrem.

Mentre tot l'Imperi cau al seu voltant, ell, des de la seva vila de Tarraco, relata al seu amic Pau Orosi, que va escriure la història d'aquells dies, els seus records, els d'una època increïble, en la que l'aparició d'un home irrepetible, el gran Àtila, es va aplegar a una altra figura que va marcar el final absolut de l'Imperi Romà d'Occident: Gal·la Placídia. Néta, filla, germanastra, esposa i mare d'emperadors, es va asseure durant trenta anys a la cadira imperial.

El gran Sever, espectador privilegiat pels càrrecs que va ocupar, crida: «Mai, en tota la història, va haver-hi una dona tan predestinada!» I relata amb tots els detalls com Gal·la Placídia va enfrontar els millors generals de Roma entre si, va impulsar Àtila a atacar un Imperi debilitat i ofegat per la corrupció, la traïció, la cobdícia i el vici, i va deixar al tron al seu fill Valentinià, un vertader monstre.

El resultat no podia ser un altre, i la història ha fet justícia.

EL RELAT DE GÜNTER PSARRIS

Els que l'han llegit diuen que es tracta d'un relat dur, però que és, al mateix temps, el més tendre i humà que ha escrit Albert Salvadó.

En una cabanya en meitat dels Pirineus, tres homes troben el cadàver d'un pastor, la fotografia d'un oficial nazi i un manuscrit.

Aquesta és l'apassionant història de Günter Psarris, a qui el món va convertir en assassí, malgrat que ell mai va deixar de ser una gran persona. Va viure durant la Segona Guerra mundial, a l'Alemanya de la bogeria, va ser tancat al camp de Mauthausen i va sobreviure. No obstant això, el preu que va pagar per això va ser molt elevat.

Aquesta és també la història d'algú que va estimar amb bogeria, que va ser deportat i que el món, lluny de casa seva, el va tractar amb duresa i li va robar tot el que tenia. Fins i tot l'amor. I aquesta és una història plena d'esperança i de lliçons, d'un episodi recent de la humanitat que ha quedat marcat per la violència, la brutalitat, el salvatgisme i el menyspreu absolut per tot allò que és sagrat: la vida humana. No obstant això, Günter Psarris sap que la vida contínua i que l'amor és etern. I això ningú l'hi pot robar.

www.ingramcontent.com/pod-product-compliance
Lightning Source LLC
Chambersburg PA
CBHW070512260626
47161CB00004B/1527